I0751212

L'OBSERVATEUR

AU XIXME SIÈCLE.

SEVRES. — IMPRIMERIE DE J.-L. JOLY.
RUE DE VAUGIRARD, N. 14.

L'OBSERVATEUR
AU XIXme SIÈCLE,

OU

DE L'HOMME

DANS SES RAPPORTS MORAUX,

ET

DE LA SOCIÉTÉ

DANS SES INSTITUTIONS POLITIQUES,

PAR A.-J.-C. SAINT-PROSPER.

AUTEUR D'UNE VIE DE LOUIS XVI, DES AVENTURES D'UN PROMENEUR, ETC.

CINQUIÈME EDITION.

TOME TROISIÈME.

Paris,
ÉDOUARD GUÉRIN ET CIE, ÉDITEURS,
RUE DU DRAGON, N° 30.

1833.

SEVRES. — IMPRIMERIE DE J.-L. JOLY,
RUE DE VAUGIRARD, N. 14.

DU GOUT.

DU GOUT.

Rien de plus inutile au monde que de remonter aux premiers essais de l'esprit, pour y chercher des traces de goût. Aussi les nations ont-elles d'abord, dans leurs productions littéraires, senti toutes de la même manière; l'uniformité, sur ce point, s'est trahie jusque dans les efforts qu'elles ont déployés pour arriver à la civilisation. Mais à peine en ont-elles joui, que le goût a donné à chacune d'elles une physionomie particulière qui, dans la mémoire des hommes, déterminera un jour leur rang définitif.

Le goût est pour moi l'ordre jeté dans le vrai; c'est encore ce tact des convenances qui toujours sait s'arrêter à propos, et qui, sans rien blesser, met tout à sa place. Si je définis ainsi le goût, c'est que j'appartiens à un peuple qui a long-temps possédé les avantages de l'esprit de société. Maintenant, ai-je vu le jour dans des contrées qu'enflamme, pour ainsi dire, un soleil éternel, et où toute impression venant des objets extérieurs est si délicieuse qu'elle tient le cœur dans un véritable ravissement : alors images, invention, tout dans mon goût jaillira d'une source unique. Au contraire, je suis né sous un ciel que se disputent un froid persécuteur et des nuages sombres; la neige, de sa blancheur triste et uniforme, couvre et désole la terre pendant des mois entiers. Pour échapper au deuil qui m'entoure, je me réfugie en moi, et au lieu de sentir, je pense. Dans le premier cas, c'est-à-dire là où règnent les habitudes françaises, j'apprends le goût qui doit présider aux livres; jusque dans les rapports les plus ordinaires de la vie, il m'est infusé jour par jour. Enfant du midi, la sensation envahira mon goût : elle le constituera tout entier; mais par cela même, il aura une sorte de mesure. Dans le nord, c'est d'une imagination vague, indépendante et vaporeuse, que je recevrai mes inspirations. Alors les œuvres de mon esprit seront telles qu'aucune règle ne pourra les atteindre; le goût sera pour moi un composé de ce qu'il y a de plus extrême, une confusion de tous les sentimens, un mélange de toutes les formes d'imitation. Enfin, j'atteindrai la perfection, si je puis errer dans cet infini où la pensée, manquant de mots, en crée de nouveaux dont elle seule a le sens. Voilà qu'il est bien démontré que le goût, abstraction faite des formes de gouvernement, se montre sous trois aspects divers. Habitant des rives de la Seine, je vais tenter de porter l'arrêt. Il est vrai que j'ai habité dans le nord, et que je conçois les impressions si vives et si pénétrantes du midi, puisque nous les éprouvons quelquefois en France. Eh bien ! toute œuvre de l'esprit qui représente exactement l'homme ou la société d'une époque, mérite sous le rapport du goût d'être étudiée avec soin ; car dans les compositions particulières à un peuple, il se trouve certaines nuances de vérité et de choix dont on peut profiter. Mais cette concession faite, je ne puis reconnaître comme type du goût parfait que celui qui, applaudi dans une langue, se conserve vrai pour tous les temps et pour toutes les nations. Enfin, j'ajouterai que le goût destiné à l'immortalité est celui qui, après avoir été d'abord national, restera définitivement universel. En veut-on un exemple? Nul aujourd'hui n'a intérêt à préconiser le goût illustré par les chefs-d'œuvre de la Grèce. Cependant les peuples qui dans leurs compositions s'éloignent le plus de ce même goût, ne l'en admirent pas moins : il est donc type.

Il faut attacher au goût une importance qu'il n'avait pas jadis. Tant qu'il n'a été considéré en France que comme une condition essentielle des œuvres de l'esprit, ses fautes et ses égaremens subissaient prompte justice de la part de l'élite qui alors pensait et lisait seule. Puis, c'était sans danger que le goût se montrait immoral dans certaines productions; elles ne s'adressaient qu'à des hommes épuisés de jouissances. Maintenant la liberté d'opinion et le droit d'examen existent; on écrit et on lit dans toutes les classes ; il y a par conséquent des rapports intimes entre le goût et les mœurs. Celui-ci doit se montrer chaste et pur non seulement dans les mots, mais doit être encore éclairé dans le choix des sujets. Jetons un regard sur l'Angleterre ; il n'est pas de crimes que ses romans n'étalent, il n'en est pas que ses lois ne punissent. Enfin, dans le sens que j'indique, le goût aujourd'hui doit partir de la conscience.

Il peut arriver qu'un écrivain manque tout-à-fait de goût et cependant surprenne par l'éclat, la grandeur et l'énergie ; on est enlevé par élan, mais on a pris part à un plaisir si mêlé de fatigue, qu'on n'y revient guère. Dans les ouvrages au contraire où le goût de l'écrivain est sûr, il répand et distribue toujours si à propos les qualités supérieures, qu'il en résulte un plaisir vif, plein et continuel, qui sollicite de fréquens retours. En France, nous possédons quelques morceaux précieux dans des livres sans goût : on ne les lit pas. C'est que parmi nous la gloire littéraire ne s'éternise qu'où le génie et le goût se rencontrent pour ne plus se quitter.

L'arrangement, ou si l'on veut certaine entente, peut seul faire oublier l'absence du goût. Les femmes assujetties quelquefois par la mode à l'habillement le plus bizarre, tirent de son désordre une sorte d'ensemble qui nous plaît, parce qu'il est en rapport avec une manière d'être alors recherchée. Mais ces mêmes femmes, supposons-les belles et mises avec la simplicité antique ; au lieu de n'attirer les regards que dans un temps donné, ne resteraient-elles pas modèles éternellement admirés. De même, au théâtre, par des combinaisons en vogue, on attire la foule. En outrageant le goût on réussit parce que ce dernier a ses caprices ; mais les compositions de ce genre vieillissent si vite que le public de la seconde année les abandonne souvent comme des énigmes sans mot. Au contraire, les pièces fondés sur ce qu'il y a de vrai dans le goût, se rajeunissent par la continuité même de leurs représentations.

Avant la révolution, classes, dignités, places, tout était distinct et souvent réglé d'une manière irrévocable; en dépit de la mobilité de notre caractère, le goût à quelques égards se conservait toujours le même. Depuis, une réforme générale a eu lieu, et le droit d'examen a succédé à la puissance des traditions; en littérature, on a discuté de nouveau les titres pour fixer les rangs; mais on n'a pu tomber d'accord sur la nature même du goût, de sorte que la règle d'appréciation a manqué. Deux écoles depuis seize ans surtout se trouvent en présence l'une de l'autre. Leur poétique étant opposée, ce qui est le type du goût pour l'une est re-repoussé par l'autre. Tant que les écrivains de ces deux écoles ne sont pas sortis des discussions métaphysiques, le public est resté indifférent. Mais du moment que les œuvres ont apparu, il a fait foule du côté des écrivains romantiques, parce qu'ils lui ont apporté quelques sensations nouvelles. Bientôt ils se sont copiés entre eux et ont fatigué par l'uniformité de leur barbarie ; comme certains classiques, l'inspiration individuelle les a fuis. Maintenant le public demande de nouvelles jouissances : il languit, désappointé d'avoir vu les écrivains romantiques déchirer en pure perte le goût en voulant l'étendre à tout, et les écrivains classiqnes * le rendre stérile en ne sachant l'appliquer à rien de ce qui de nos jours a force et

* Je prie de croire que je ne parle qu'en général.

mouvement. Que conclure de ceci? Que nous ne possédons plus la pureté et la fécondité de notre ancien goût, sans avoir encore recueilli les avantages du nouveau dont nous avons besoin : sur ce point, comme sur tant d'autres, nous sommes en marche.

Autrefois notre goût était plein de grâce, de naturel et de finesse; mais il était dépourvu de profondeur et d'étendue : l'originalité l'effrayait. Dans ce sens nous avions un peu de fatuité; c'était peut-être comme ailleurs. Possesseurs d'un goût plein de séductions, nous ne pouvions pas comprendre, qu'étant autrement que lui, on pût être aussi quelquefois bien.

Le goût en Europe a toujours suivi les révolutions politiques; et, il ne faut pas se dissimuler que, dans notre monarchie restaurée*, la liberté a reçu une place considérable. Le goût sortira des salons, des boudoirs et des académies, où naguère il faisait de trop longues pauses. Destinés à vivre plus qu'autrefois en famille, nous aimerons à voir ses sentimens reproduits dans nos livres, sans cependant renoncer à la peinture si vive et si animée des travers de la société. Le cœur aura des droits plus étendus sur le goût. Les écrivains dont le nom restera désormais, sont ceux qui mêleront les impressions de la famille aux aperçus de

* 1827 (tom. 3e, 4e édition).

l'esprit : leur goût sera moins brillant, mais plus complet.

En littérature, ne débuter que par le goût, c'est commencer sa vie par la vieillesse. Alors on est en général sage et calme : prise en elle-même, chacune de nos actions est digne d'éloge; mais faute de force et de grandeur, elle expire sans avenir. Pour qu'un écrivain de son côté parvienne jusque là, il ne faut pas d'abord qu'il naisse tout ridé.

Il y a un mélange à faire : que dis-je? osons fondre la solidité, la profondeur, l'abondance et l'originalité anglaises dans toutes les qualités de notre goût. Son habileté pour la mise en œuvre est telle que la gloire et l'utilité de cette tentative resteront toujours françaises.

Je n'aime pas à reculer devant mon opinion ; ce serait en vain : elle sortirait de mon silence. J'écris donc que cette majesté et cette grandeur que le siècle de Louis XIV avait su imprimer à notre goût, sont ensevelies pour toujours dans les chefs-d'œuvre où elles brillent, parties admirables de notre gloire littéraire. Et puisque leur usage nous est ravi, que d'autres qualités fassent oublier désormais leur absence. Nourrissons-nous des littératures étrangères ; mais, bien entendu, pour en accroître le triomphe de notre goût.

Dans le nord de l'Europe, les succès

littéraires, même ceux qui ont été immenses, peuvent se compter en grand nombre. Là, comme on n'est en général remué vivement que par les livres, tous les genres d'effets y sont prodigués. En s'abandonnant sans choix à ses impressions, on atteint rapidement à la plus haute renommée; mais elle vous échappe vite. La gloire littéraire, que distribue une subite popularité, n'est souvent qu'un don funeste, parce qu'elle n'est pas basée sur le véritable goût. Dans ce genre, la minorité seule, quand elle est éclairée, sent juste. Il est vrai que les acclamations proférées par les masses, et qui entraînent d'abord, sont refusées à l'écrivain; mais cette même élite qui a proclamé sa gloire, se recrute sans cesse; et de son témoignage naît enfin cette autorité devant laquelle s'agenouille l'avenir.

A certaine époque, les émotions ont été si déchirantes parmi nous, que nous avons acquis la force et la gravité d'esprit; en retour nous avons perdu la grâce et la délicatesse : notre goût littéraire a été changé. J'aurais mieux aimé qu'on le continuât : alors aux qualités anciennes nous aurions joint les qualités nouvelles. Trop long-temps restreint, notre goût serait enfin arrivé au point précis : à la perfection.

Si jusqu'à présent j'ai passé sous silence le goût particulier aux Orientaux, c'est que, les Arabes exceptés, les œuvres de ces peuples ne sont guère répandues parmi nous. Néanmoins, sur le peu que j'en ai lu, je risquerai mon avis. Il me semble que dans les compositions de l'Orient, on ne trouve traces de goût que dans l'apologue ou le conte. Quelle en est la raison? c'est que dans ces deux genres, où la vérité même en se voilant, doit viser à se faire reconnaître, le défaut de mesure coûterait trop cher. Quant aux vers qui cherchent à peindre les sentimens du cœur, ils présentent ce double caractère : l'exagération dans les images et l'afféterie dans les idées. Aussi en Orient le nombre des poètes ne se compte plus; si quelques-uns étonnent par l'éclat, le coloris et l'enthousiasme, nul encore n'a pu faire lever l'ère du goût. Leur poésie s'épuise dans des cadences pleines de difficultés : c'est une harmonie savante et qui délecte les sens, mais où se perpétue au fond une barbarie indélébile.

Quand on vit à une époque de transition comme la nôtre, il faut, depuis la religion jusqu'au goût, s'armer de tolérance. M'arrêtant à ce dernier, j'avouerai qu'il fourmille aujourd'hui de contradictions, et que le même ouvrage fait éclater l'admiration et le dénigrement. Pour ma part, je me résigne, pensant qu'il faut désormais concentrer ses forces dans la défense de ce qui constitue la substance du goût. Puis il n'y a pas beaucoup à s'inquiéter ; en France, on se fatigue vite des caprices et des inconstances du goût.

parce que c'est l'engoûment qui les accueille. Alors on se réfugie dans les vieilles traditions du goût : on s'y repose, comme après un pénible voyage, dans la maison paternelle, où rappellent toujours en définitive les souvenirs et les délices des premières sensations.

DE L'AMITIÉ.

DE L'AMITIÉ.

Je veux parler de l'amitié parce que je sens le besoin de révéler ce qu'elle m'a fait éprouver. J'espère qu'en la montrant ce qu'elle est, je lui rendrai quelque chose de son ancienne popularité, et que par là j'augmenterai cette portion de bonheur qui jamais ne devrait nous manquer, puisqu'elle peut venir de nous-mêmes. En traitant de l'amitié, je suis sûr, au reste, de paraître nouveau, car rien n'est plus individuel que le cœur; tout ce qu'il reçoit, il le change. Il en résulte que ses confidences intéressent et instruisent tout à la fois. C'est donc du cœur que je vais parler ou plutôt causer; en effet, dans l'amitié on peut tout avouer sans que les convenances en souffrent, et à mon sens, ce privilége pourrait seul suffire à sa louange.

L'amitié diffère d'un grand nombre de sentimens en ce que ceux-ci font tourner toute leur vivacité à leur profit particulier, tandis que l'amitié l'emploie au profit d'autrui, aussi ne peut-elle habiter que dans les ames d'élite : toute autre place serait trop étroite pour elle.

Etre ami véritable, c'est se dépouiller au besoin de toute sa félicité pour en parer la destinée d'un autre; c'est, en un mot, se séparer de soi pour entrer dans une autre existence. Mais aussi dans les jours prospères, l'amitié nous fait du bonheur de notre ami une félicité si infinie, elle nous identifie si complétement à toute l'étendue de ses jouissances, que, réunies aux nôtres, elles sont sans bornes : c'est dans ce sens qu'il est juste de dire qu'aimer, c'est étendre sa vie.

En amitié on ne donne pas, mais on partage.

J'ai droit sur les souffrances de mon ami; il y a plus, j'ai besoin que de mon côté la mesure soit forte; et, à cet égard, je suis tout exigence. Mais ses passions, j'entends celles qui sont condamnables, je m'en défends, je les répudie. Cependant, par suite de ces mêmes passions, mon ami tombe dans l'infortune; alors je me mêle de nouveau à son sort; j'en rentre en possession; il m'appartient, et je ne me repose qu'après lui avoir rendu quelque chose de plus que son ancienne splendeur; car l'amitié doit des dédommagemens, même au malheur mérité.

Quant aux défauts ou aux ridicules de mon ami, je tiens à les étudier, à les regarder attentivement, parce que je me glisse entre eux et le monde, afin que celui-ci n'en voie rien. En général, il ne faut découvrir ce qu'on aime que pour le faire valoir.

Aujourd'hui nous ne cultivons plus l'amitié, nous l'exploitons : a-t-on des manières insinuantes ou des grâces dans l'esprit, on calcule juste à combien doit s'élever l'escouade d'amis indispensables pour escalader tel poste ou tel emploi, et l'on travaille pour arriver au taux. Mais en même temps on épie par quel côté l'ami utile est faible; puis au moment d'un revers, on dit tout bas et à l'oreille : cet homme m'a obligé, et ma reconnaissance lui est d'autant plus acquise, qu'il est malheureux par sa faute; l'aveu m'en coûte, mais la vérité avant tout. Ici l'axiome est de rigueur; car, dans le monde, on ne légitime un mauvais procédé qu'à l'aide d'une maxime de morale. La transition risquée, on diffame avec réticence, on calomnie en soupirant, et insensiblement on se rapproche des ennemis du bienfaiteur tombé. Par des révélations et des confidences sorties involontairement de la conscience, on se trahit devant eux, on lie son intérêt à leur haine, un appui succède donc à un autre. C'est ainsi, qu'habilement entendue, l'amitié est devenue maintenant une spéculation si sûre, qu'elle passe en première ligne dans les revenus courans de l'année.

Entre amis véritables, on ne connaît jamais la fatigue que donne une conversation à soutenir. On s'épanche plutôt qu'on ne parle. Les amis ne se visitent point, ils se rapprochent; ils se rendent l'un à l'autre.

Dans l'amitié, les caractères ne doivent pas, de toute nécessité, être semblables; il faut seulement qu'il n'y ait pas contraste parfait dans les opinions, surtout de nos jours. Les nuances qui diversifient les caractères excitent et attisent l'amitié; avec elles, on cause, on discute, on concède, on donne de pur don, et l'amitié s'augmente surtout de ce qu'elle reçoit sans s'enrichir.

La douceur de caractère engendre les amis, la grandeur d'ame les exalte, les services rendus les attachent ; c'est à ce prix que l'amitié accorde ses délices. Soyons ensuite étonnés si tant d'hommes meurent sans les avoir su mériter. C'est une sorte de commerce où il faut une mise de fonds que ne peut compléter le vulgaire.

L'amitié est comme les vieux titres; la date la rend précieuse.

Les femmes s'aiment rarement entre elles : cela est d'une vérité populaire ; mais ce qu'on ne sait pas assez, et par conséquent ce qu'il faut dire, c'est qu'avec les hommes elles sont, à tous les âges, amies parfaites. Douées d'une sensibilité exquise, elles passionnent toutes les vertus que l'amitié dans ceux-ci ne fait qu'entretenir. Sollicitent-elles pour un ami malheureux, rien ne les rebute ; le chemin est-il fermé, elles en fraient aussitôt un autre. En pareille circonstance un homme plaide et argumente : toute autre est leur manière : elles devinent le cœur dont elles ont besoin, l'entourent de séductions, le touchent, le remuent, s'en emparent; et, pour le faire sentir au profit de l'amitié, le pénètrent un instant de leurs propres sentimens. Eprouvent-elles un premier refus, elles reculent, mais c'est pour revenir sur leurs pas et se montrer sous une nouvelle forme; enfin elles triomphent. Attendrissant même la férocité, elles la surprennent par une émotion passagère et lui ravissent quelque adoucissement *. Telles sont, dans le malheur, les femmes amies; mais là ne se borne pas leur tendresse : suivez-les embellissant la prospérité de ceux qui leur sont chers par ces prévenances inattendues et ces subites délicatesses qu'elles placent si à propos et si vite qu'on n'a pas toujours le temps de les apercevoir. Un succès, un reflet de gloire approchent-ils de leurs amis, aussitôt elles en font leur patrimoine, s'en tourmentent, s'en inquiètent, et recrutant partout des admirateurs, des applaudissemens, font assembler la foule. Ont-elles des conseils ou

* C'est surtout pendant la révolution française que les femmes se sont montrées amies sublimes.

des avertissemens à donner, les paroles leur tombent des lèvres si pleines du plus persuasif intérêt, on les voit si souffrantes du devoir qu'elles remplissent, que pour elles on prend parti contre soi, on se déserte enfin, et l'on devient ce qu'elles veulent.

L'amitié, pour être de tous les instans, ne doit avoir ni prétentions, ni emportemens. Je connais des gens qui, l'injure à la bouche, imposent à l'amitié leurs propres sentimens, et la torturent par l'inquiète avidité de leur amour-propre. Cependant avec ces terribles amis, ne rompez pas, tenez-vous seulement à distance. Ont-ils besoin de vous, accourez en toute hâte. En effet, désintéressant l'amitié, la dépouillant de ses plaisirs, ils ne la font plus qu'obligatoire, et fortifient ainsi dans l'exercice des devoirs qu'elle impose.

Les femmes, quand elles ne sont pas nos amies, nous tourmentent souvent par le caprice et la légèreté, et nous jettent par désespoir dans l'amitié. Nous trouvons tout à la fois calme et bonheur dans ce sentiment. Il arrive qu'après nous être réfugiés dans l'amitié, nous y demeurons. Les femmes cependant ne perdent pas tout-à-fait leur puissance; elles nous obtiennent encore par moment : seulement elles ne nous possèdent plus en entier.

Les gens du peuple, même dans les

dernières classes de la société, vivent le cœur toujours ouvert à l'amitié. Je les ai vus doubler le poids de leurs travaux pour soulager leur ami mourant. Je les ai vus faisant foule à la porte des hôpitaux, afin de lui porter ce qu'ils se refusent à eux-mêmes. Cet ami leur est-il enlevé? ils se lèguent l'orphelin qu'il a laissé et en augmentent leur détresse. Le peuple connaît l'amitié dans ce qu'elle a de plus élevé, les sacrifices qu'elle commande; seulement le monde n'y prend pas garde, parce qu'on n'attire son attention que par la noblesse ou l'élégance des formes. Privée de ces avantages, l'amitié du pauvre passe obscurément sur la terre. Quant à moi, pourquoi cacherai-je ce que tant de fois j'ai remarqué? Ensuite, relever dans l'estime les dernières classes, n'est-ce pas déjà adoucir leur sort? Puis, pour ne rien déguiser de ma pensée, je voudrais que lorsque le pauvre se montre trop âpre après le gain, on l'excusât en songeant qu'il demande souvent pour deux : lui et son ami.

L'amitié naît en général d'une sorte de communauté dans le sort, les habitudes ou la profession; se voyant tous les jours et sous tous les aspects, on sympathise par ce qu'il y a de plus aimant dans le cœur; on s'attache par les défauts mêmes qu'on se pardonne. Mais dans ce genre, l'amitié la plus vive est celle qui, se formant au milieu des périls, peut échapper à chaque minute. Les amitiés les plus illustres de l'antiquité sont toutes guerrières ; au moyen âge, nos chevaliers, modèles d'amitié, étaient frères d'armes. Le plus populaire de nos rois a si bien connu l'amitié qu'elle est entrée dans sa gloire. Mais cette amitié, il l'avait cimentée les armes à la main, et c'est pour avoir été le plus vaillant soldat, qu'il fut le meilleur ami.

Il me paraît que la civilisation n'est pas favorable à l'amitié. Chaque individu, à cette période de la société, a tant de besoins à satisfaire, tant d'intérêts à établir, qu'il occupe sa vie à s'aimer tout seul. La civilisation donnant ensuite à l'esprit de la finesse et de la perspicacité, on découvre sur-le-champ les défauts et les ridicules; on prend alors le parti de se servir des hommes en se moquant d'eux : on existe en dehors de toute bienveillance; enfin on meurt rassasié de jouissances et vide de bonheur, car c'est du cœur qu'il part : veillons donc à ce qu'il ne se dessèche pas. Je conviendrais pour être exact, que parmi nous il y a sève; mais par suite de nos troubles, c'est au profit de la haine qu'elle croît et se développe. Peut-être le moment est-il venu de reconnaître à l'amitié le droit de neutralité. Elle en userait pour intervenir au milieu des opinions politiques; ne pouvant les détruire, puisqu'elles tiennent à l'essence de notre nouvelle société, du moins elle les désarmerait quelquefois: c'est un vœu que je hasarde. En attendant qu'il puisse être exaucé, je demande qu'on permette l'amitié dans l'intérieur de la famille; je ne parle pas de celle qu'une sœur inspire, elle m'a été refusée; mais j'ai éprouvé qu'il est doux de s'aimer entre frères. Partout, l'union, c'est la force ; ici, l'union, c'est le bonheur. Plus on avance dans la vie, plus les affections disparaissent : les richesses créent les cliens, mais font fuir les vrais amis ; conservons donc celui qui nous a été donné par la famille; ne le perdons pas un instant de vue, enlaçons notre sort dans le sien. Pour être cru, je livre mon secret. J'ai un frère, nous sommes deux, et cependant nous n'en formons qu'un. On ne s'y trompe pas; qui aime l'un, aime l'autre; qui offense l'un, blesse l'autre.

Nous sommes divers par la ressemblance, l'esprit, la conversation et les habitudes; notre individualité est plus que distincte, elle est tranchante; mais nous nous rejoignons par toutes les affections, nous coïncidons par toutes les opinions ; sans battre de même, notre cœur bat ensemble; d'accord, notre raison marche à sa mesure; ce que nous sommes, nous l'avons toujours été : nous n'avons pas voulu nous aimer, seulement nous avons toujours vécu nous aimant : nous sommes frères de naissance, notre amitié a grandi avec nous; nous l'avons laissé faire. Le bonheur nous est venu d'habitude, mais cette habitude, c'est notre vie, c'est nous. Nous avons été un temps éloignés l'un de l'autre, mais jamais séparés ; j'avais mon frère avec moi et il m'avait avec lui : nous nous entendions. A mon retour, nos opinions politiques ont été les mêmes; elles ne nous venaient pas de l'éducation, pas plus de la discussion, nous n'en avions jamais parlé. En nous embrassant, nous nous sommes retrouvés royalistes, parce qu'étant frères, ce qui était vrai pour l'un, ne pouvait être faux pour l'autre. Voilà l'amitié telle que l'a fait la famille, simple, à la portée de tous, ne coûtant rien, rapportant beaucoup. Qu'on y réfléchisse attentivement, l'indifférence fraternelle est un commencement de dissolution sociale : voulons-nous être citoyen , soyons d'abord homme.

DE

LA LIBERTÉ.

DE LA LIBERTÉ.

La liberté est noble, parce que son origine remonte au ciel. L'homme a reçu de Dieu plus que l'existence, il en a reçu la raison. Il ne fait pas que de vivre, il comprend de quelle manière il doit vivre. Ainsi la liberté est plus qu'un droit, elle est le premier des devoirs. Interprêtée avec justesse, c'est notre reconnaissance envers Dieu toujours en action.

La liberté donne à l'homme une force nouvelle, celle de sa propre dignité. La servitude, au contraire, le dépouille de toute espèce d'énergie; que dis-je! il est plus que privé de force, il craint d'en désirer.

Où la liberté politique est grande, les mœurs privées sont pures; alors l'homme a dans la famille tant d'affections qui l'occupent; il a de plus, comme membre de la cité, tant de devoirs qui se disputent chaque minute de sa vie, que le temps lui manque pour se corrompre.

Il y a dans la liberté choix et action; c'est-à-dire qu'on veut et qu'on exécute soi-même : on peut passer alors très facilement de l'usage à l'abus. Chez un peuple qui jouit de la liberté, je veux ici des digues impénétrables, là des élévations prodigieuses. La servitude peut seule vivre des siècles sur un terrain uni, pourvu qu'il soit fécond; il ne suffit pour elle que de paître.

La liberté est sainte : tout peuple qui la détruit chez un autre la sape chez lui. Sans doute quand les conquêtes illégitimes sont lentes, les garanties du vainqueur se défendent davantage, mais le coup qui donne la mort n'en est pas moins porté. Tout citoyen qui quitte l'Etat pour des années entières, disperse ses qualités naturelles et les remplace par les vices qu'il rencontre sur sa route. Si le peuple romain a été long à forger sa chaîne, c'est que ses mœurs ont triomphé plus d'une fois de sa politique. Cependant chaque victoire injuste remportée sur un peuple libre a fourni un anneau de plus. Enfin, la chaîne a été remplie; le peuple-roi s'en est aperçu, elle a pesé sur lui des siècles.

On s'étonnera peut-être de ce que je loue la liberté après avoir écrit contre l'égalité; mais je n'en suis que plus d'accord avec moi-même. Grâce à la liberté, le citoyen qui se voue tout entier au service de ses semblables, arrive tôt ou tard au poste où ils ont besoin de lui. L'égalité, au contraire, entrave la route parce qu'elle met la foule partout.

Maintenant quelques réflexions particulières pour la France : qui conseille de cœur est souvent utile. Eh bien ! dans notre pays, il reste encore beaucoup à faire sous le rapport de la liberté individuelle. On m'en demande la raison, je ferai mieux, j'en dirai les raisons.

Quand la révolution éclata parmi nous, il y avait sans doute fort peu de liberté dans les lois, mais beaucoup dans les mœurs. Les convenances adoucissaient la législation ; elles faisaient plus ; elles l'amélioraient sans cesse. Au-dessus du juge, de l'administrateur, du militaire et du prêtre, planait l'opinion publique qui décidait en dernier ressort. En résumé, il y avait une très grande masse de liberté. Lors de nos troubles, les novateurs, faute d'expérience, attaquèrent tous les droits, qui durent se liguer pour mieux se défendre. Mais comme l'impatience et l'impétuosité sont deux maladies françaises, les résistances les plus légitimes furent brisées sans pitié. En vain les proscrits tentèrent-ils d'échapper aux peines qui les menaçaient; on les traqua de toutes parts avec les passeports et les certificats de civisme. Grâce aux développemens nouveaux qui furent donnés à la surveillance administrative; prêtres, princes, bourgeois, marchands et cultivateurs, montèrent sur l'échafaud. Mais un succès si général ne put suffire à l'ardeur qui dominait; la révolution, pour plus grande sûreté, anéantit toute agrégation. Désormais il n'y eut en face du pouvoir que le citoyen condamné à l'isolement. Mais au lieu d'une silencieuse oppression, on ne recueillit qu'une anarchie générale. Alors, pour échapper à ses désastres, nos législateurs imaginèrent la centralisation ; c'est-à dire la réunion de toute l'énergie administrative dans les mains de quelques-uns. Sous *l'empire,* ce système fut étendu à l'infini : un usurpateur doit comme un fermier savoir jour par jour à quel nombre de têtes se monte le bétail composant ses troupeaux. Sous la restauration, on devait s'attendre à une réforme complète sur ce point; jusqu'à présent, il n'a pu en être ainsi : une contradiction existe donc entre notre charte politique, toute de liberté, et nos lois administratives *, toutes de tyrannie. En vain espère-t-on fortifier le pouvoir en l'escortant d'une nuée de satellites; on se trompe; il se compose surtout de raison : il est tout volontaire.

Je plains les hommes qui, n'aimant pas la liberté, désertent la dignité de leurs droits, pour aller, esclaves volontaires, se ranger sous le joug d'une abjecte obéissance : c'est renier le baptême. En effet, les institutions chrétiennes

* Je dois cependant reconnaître que parmi les lois que je dénonce dans ce moment, plusieurs sont tombées en désuétude. En général, les traditions de la révolution et de l'empire s'effacent. Mais pourquoi ne pas anéantir une législation que le cœur de nos princes repousse. (tom. 3e, 4e édition 1827).

n'ont entraîné le monde par la persuasion que pour le mener définitivement à la liberté. Sans doute le christianisme à sa naissance a eu ses martyrs, comme la liberté a eu plus tard les siens. Mais relativement à la liberté, ce sont toujours les soldats de la même armée; seulement les uns ont vaincu à l'avant-garde, les autres aux arrière-postes.

Je le sais; il a existé, il existe encore au sein du christianisme, des ordres religieux qui pour mieux disposer de leurs membres, les dépouillent de toute liberté. Maintenant consultons l'histoire : pendant de longues années qu'a fait le plus illustre de ces ordres? Il a arraché les sauvages à la servitude de leurs passions, pour les faire entrer dans notre civilisation. Il a réglé leurs besoins, pour qu'ils n'en fussent plus toujours dépendans, de sorte que l'*esclavage* religieux ainsi dirigé, n'est autre chose que le dévoûment particulier, se sacrifiant aux masses, ou pour mieux dire, marchant pour elles à la conquête de cette liberté qui commençant par la foi, purifie les siècles qu'elle traverse.

Qu'on ne se méprenne pas au sens de mes paroles : tenter aujourd'hui * de tourner en Europe la religion contre la liberté; ce serait établir une guerre civile au sein même de l'intelligence : alors tout coup ferait blessure.

* 1827.

Liberté que je garantis : celle qui, sans nuire à aucune classe, augmente les avantages de toutes. Cette espèce de liberté dure parce qu'elle généralise trop ses bienfaits pour ne pas devenir populaire.

Il y a quelque chose de si ardent dans la liberté, que pour arrêter l'impétuosité du citoyen, elle admet certaines hiérarchies qu'on ne trouve pas dans les monarchies tempérées, où les mœurs et les talens effacent les distances, qu'elles ne comblent pas toujours. Quoique jeune encore, le XIXe siècle est plus avancé : l'Europe touche désormais à l'ère des gouvernemens représentatifs ; en vain les dénigre-t-on beaucoup dans ce moment*. Je ne les en considère pas moins comme le chef-d'œuvre de la véritable civilisation : en effet, ils réunissent les droits aux garanties, la réflexion à la mesure, et la force d'arrêt à l'impétuosité de l'action : ce sont des gouvernemens qui, tout ensemble conservent et produisent.

La liberté, avant de donner des droits, impose des devoirs; on peut donc l'aimer sans avoir capacité pour en jouir. Dans ce cas, il faut prendre la méthode imposée aux tempéramens délicats qui se fortifient par un exercice modéré et un bon choix d'alimens. Chaque peuple, pour être apte à posséder la liberté, doit mar-

* 1827.

cher d'institutions en institutions, et en outre veiller beaucoup sur ses mœurs. Il arrive alors avec le temps à la mesure véritable, et recueille la liberté comme un patrimoine dont on sent d'autant mieux les avantages, qu'on les a longtemps attendus.

Le sauvage court, chasse et dort à son gré ; est-il le plus fort, il frappe; le plus puissant, il opprime. Vaincu ou dompté à son tour, il fléchit sans murmure sous la nécessité. C'est qu'il n'a jamais joui que de l'indépendance de la force : celle-ci ne reconnaissant aucun droit quand elle triomphe, ne réclame au jour de la défaite aucune garantie. Si le sauvage comprenait ce dernier mot, il ferait foule dans nos villes : il aurait deviné notre civilisation.

Depuis environ deux siècles, il est quelque chose de plus fort que la liberté; de plus haut que la royauté : la puissance ministérielle. Richelieu a rendu la France si grande et si forte, qu'il s'en est emparé. Mazarin a étendu et perfectionné l'usurpation fondée par son prédécesseur. Depuis, celle-ci s'armant d'un glaive à deux tranchans, s'est placée entre les princes et les nations, pour faire peur à tous.

Le prince qui donne la liberté inspire l'amour du devoir : au contraire, l'usurpation ministérielle, qui éteint tout à la fois le prince et le peuple, n'enseigne que la moralité du succès. Ainsi, dans une monarchie devenue administrative, ceux qui commandent en sous ordre ne vénèrent que les règlemens et les instructions, parce qu'ils vivent fort à l'aise en les interprétant. C'est un métier si lucratif, qu'ils ne font attention qu'au maître qui signe. Alors, la fidélité est au mois, et sert qui la fait émarger.

Dans l'intérêt de la royauté, il y a en France besoin urgent de liberté. Cependant on s'en effraie : nul doute qu'on ne puisse abuser de la liberté; mais confiez-la à ceux qui veulent en même temps la sécurité; en d'autres termes, ayez dans l'administration un employé de moins et un notable de plus.

Dans un état bien constitué, la liberté, qui donne le mouvement à tout, doit être contenue partout. Je n'en doute pas; elle aura un jour place dans nos mœurs, nos institutions locales et nos institutions générales; sachons donc dès à présent nous plier à la légitimité des règles. La liberté se retrempe dans l'obéissance légale, comme la servitude dans la crainte sans limites.

Tout peuple qui, pour la première fois, jouit de la liberté, doit surtout se défendre de la placer dans les plaisirs : au contraire, il ne peut la fortifier que de tout ce qu'il retranche à ceux-ci.

Le peuple qui jouit de la liberté,

comme celui qui fléchit sous le pouvoir absolu, est plein de gravité : l'un réfléchit, parce qu'il songe à conserver ses droits, l'autre médite pour tenter d'échapper à ses maux. La gravité du premier est haute : elle dénote qu'il se sent né pour commander; la gravité du second baisse les yeux : elle a peur de se compromettre en déposant de ce qu'elle souffre.

Qu'on sache à quel point en est réduit un peuple chez lequel la royauté et la liberté sont courbées depuis longtemps sous le joug administratif : eh bien! dans une capitale, quelques soldats s'emparent des télégraphes; des signaux partent, et le pouvoir légitime est renversé *. On l'avait concentré dans la lettre ; on l'en fait sortir : son règne est fini.

La liberté chez les anciens fait souvent horreur : partagée d'une manière inégale, elle rendait barbares ceux qui la possédaient. Cette liberté farouche n'était souvent qu'une sorte d'exaltation produite par un égoïsme particulier, c'est-à-dire qui avait tant à conserver et défendre, que le courage et la grandeur l'élevaient jusqu'à l'héroïsme.

Chez les modernes, la liberté a un caractère différent : donnant à tous, elle

* Tom. 3e, 4e édition, 1827.

est tendre et compatissante. Sans doute, elle n'est pas de même rapport pour les uns comme pour les autres; mais le droit, qui est commun, stimule l'ardeur de tous, s'il ne récompense que le talent de quelques-uns.

L'Europe retrouve la liberté dans sa vieillesse, car elle en avait déjà joui; mais pleine alors de fougue, elle avait tout brisé : la sagesse de sa propre conservation lui manquait. Pour réparer sa première faute, c'est à créer surtout à propos qu'elle emploie maintenant sa liberté nouvelle.

Au jour du péril, j'ai demandé des armes pour la royauté *; plus tard, j'ai

* J'ai été volontaire royal.

écrit pour défendre sa cause ; j'ai encore écrit pour la religion qu'on attaquait et la liberté qui était compromise par les hommes qui se proclamaient ses défenseurs. Depuis j'ai senti mon zèle grandir : qu'il puisse donc aujourd'hui être cru : nous réchauffons nos vieilles querelles religieuses *, nous discutons sur la liberté de la presse, nous avons de plus vieille date notre lèpre administrative ; c'est bien des maux à la fois pour vivre long-temps en santé.

Il ne faut pas dire à un homme : parlez haut et à votre guise, puis se fâcher de ses discours, surtout lorsqu'on aurait pu lui tenir la bouche fermée. Le prince

* 1827, tom. 3e, 4e édition.

qui donne la liberté doit s'attendre à quelques légers excès; ils sont inévitables. En effet, le peuple qui relève de servitude est comme l'homme qui relève de maladie : c'est la tempérance qui d'abord lui coûte le plus.

En France, nos mœurs autrefois étaient celles d'hommes libres; aujourd'hui, nos lois sont aussi celles d'hommes libres; seulement ces dernières, sans l'aide de l'administration, languiraient paralysées. Ainsi nos mœurs naguère agissaient sans cesse, tandis que nos lois aujourd'hui peuvent à toute force être arrêtées. Dans un sens, en 1789, il y avait moins de liberté écrite; mais peut-être plus de liberté pratique.

La féodalité était une véritable anarchie entretenue par des hommes de résolution et de cœur. S'ils faisaient mauvais marché des droits des autres, en retour, ils savaient défendre ceux qui leur appartenaient. La féodalité était un âge de la société qui en préparait un autre meilleur que lui. Le système administratif, poussé à certains excès, est l'abrutissement régularisé, ou si l'on veut, c'est l'estomac qui tue le cerveau.

Il y a des bourgades où l'égalité compte son jour de triomphe; celui où les chefs sont élus; il est vrai qu'elle empêche un instant qu'il y ait pouvoir. Dans des contrées puissantes, à défaut de l'égalité, je vois la liberté et je la vois partout. Ainsi dans les bourgades suisses, la médiocrité conserve un état mitoyen où manquent la grandeur, la richesse, le mouvement et l'intelligence. C'est vivre les yeux à demi-fermés. Dans les pays où la liberté règne, il y a progression continuelle, et par suite, bienfait pour l'humanité en général : qu'on choisisse.

Depuis quelque temps, on craint beaucoup parmi nous que la théocratie ne détrône la royauté mixte qui nous gouverne *. Certes ce serait là un désastre inouï ; mais la théocratie chrétienne n'avilit pas comme le système administratif ; elle ne prend point les hommes pour de

* 1827, tome 3e, 4e édition.

stupides unités qu'on range dans un compte, elle les apprécie dans leurs qualités, elle aspire à en tirer parti. Le système administratif, au contraire, ne voit dans chacun de nous qu'une portion de produit brut. Dans ses colonnes, il place sur la même ligne le citoyen et le mouton qu'il mange : tout cela fait nombre.

Encore quelques lignes : la monarchie d'autrefois reposait sur l'inégalité des rangs, mais le mérite franchissait du moins certaines distances, et finissait par arriver à sa place. Aujourd'hui* nous sommes tous abaissés sous le même niveau; aussi dernièrement vient-on de

* 1827.

placer sur la même ligne les vivandières, les goujats et les pairs de France. Une fois enrégimentés, tous ces gens-là servent. Ainsi le système administratif, comme la démocratie pure, ne reconnaît pas de citoyens plus ou moins élevés. Il ne voit que des masses; seulement la révolution les décimait, le système administratif les exploite.

Aux États-Unis, la liberté républicaine est à sa place; des climats divers, des plaines immenses, des forêts antiques et des villes pleines de luxe commercial: tels sont les contrastes qui diversifient le peuple et le pouvoir. Chaque force étant divisée et contenue par une autre force, les facultés des citoyens se développent sans rien ébranler. Mais les États-Unis ont accueilli depuis quelques années le rebut des vices européens; ils ont fait foule dans les villes, courant accroître la corruption où déjà elle offrait des périls *.

Quant aux autres républiques du même continent, j'attends pour les juger. A peine sorties de leur vieille organisation, elles n'ont pas encore eu le temps d'essayer leur avenir.

* Les événemens de 1833 confirment dans le Nouveau-Monde les périls que j'indiquais en 1827.

DE LA

COQUETTERIE.

DE LA COQUETTERIE.

Bast ! un peu d'âge donne beaucoup de témérité ; me voilà en présence du sujet le plus délicat ; eh bien ! j'en risquerai les périls. Non que je veuille faire tort au beau sexe. Il aime, dans ce qui le concerne, qu'on ne se trompe pas : il a raison. J'ai donc attendu long-temps, et ce n'est qu'après maintes réflexions que je donne place dans mon livre à la coquetterie, science si profonde et si difficile, qu'elle déroute quelquefois celles qui en vivent ou qui ne vivent que pour elle. Si je n'arrive à aucune découverte, ma réputation est perdue auprès du beau sexe; si je suis exact, il m'en voudra. Je rends justice aux femmes; elles ne haïssent pas ceux qui les connaissent, mais bien ceux qui les font connaître. Tant mieux, il est une époque où l'on est heureux d'avoir les femmes, même pour ennemies : elles s'occupent encore de nous.

Maintenant quelques mots de justification pour les esprits graves. La coquetterie est si loin d'être chose futile, qu'elle est mêlée à la politique et à la morale : elle les gouverne. Il n'est si petit prince qui n'ait fait dans sa vie sottise mémorable, sans que la coquetterie d'une femme ne lui en ait soufflé le plan.

Au tour de la morale : elle ne se compose que de devoirs : la coquetterie des femmes les change au moindre caprice, et l'histoire n'a pas de révolution où cette dernière n'ait sa place ; ce n'est pas la moindre.

Le pouvoir du beau sexe n'apparaît ni dans les lois, ni dans les livres; il fait seulement réformer les unes quand elles le gênent, et fait tomber les autres quand ils l'ennuient. Les femmes ne commandent pas : elles entraînent; pour se conserver puissance dans tous les siècles, il ne leur a fallu qu'une habileté unique : la coquetterie.

Je n'ai pas déguisé les avantages; maintenant en voici les conditions.

Nul succès n'est possible dans la coquetterie sans un coup d'œil sûr, un tact fin, une sécheresse d'âme à toute épreuve, et une domination absolue des premiers mouvemens. La femme qui prospère le mieux dans la coquetterie est celle à qui il reste le moins de sensibilité : c'est triompher sans bien sentir son cœur.

Il est des sacrifices si affreux, que celui qui dans les crises politiques ne les refuse pas à son pays, est quelque chose de plus qu'un homme. La coquetterie au contraire rapetisse tellement la femme, qu'elle s'exécre dans ses œuvres et répudie jusqu'à ses propres enfans. L'amour de la patrie sauve la société, la coquetterie détruit la famille.

Règle certaine : dans tous les rapports de coquetterie avec les femmes, on n'a chance de l'emporter un jour qu'en se désintéressant d'abord. Il faut paraître vouloir à peine pour obtenir sûrement.

La coquetterie se compose de ruses qu'on improvise et de secrets qu'on apprend.

La coquetterie qui aspire au commandement de la société n'est pas aussi répandue qu'on le croit. Dans les contrées méridionales, l'ardeur des sens tue la coquetterie : on est trop avide de jouissances pour se tendre des piéges qui retardent le plaisir : on court au-devant. Dans le nord, l'amour est un sentiment si exalté, qu'il spiritualise l'existence jusque dans l'intimité la plus secrète ; c'est un contact où la coquetterie serait toute dépaysée. Il n'y a qu'en France où le tempérament de certaines femmes est si froid, leur intelligence si vive et leur éducation si habile, que calculant dès l'enfance leurs gestes, leurs regards et leurs pensées, elles se font obéir, parce qu'elles se commandent toujours à elles-mêmes.

En Italie et en Espagne on s'abandonne; en Allemagne et en Angleterre on s'attache; en France on se défend, on capitule; quelquefois même on se vend ou l'on nous vend *.

La mobilité qui parmi nous caractérise les femmes, accroît encore leur coquetterie; en vain leur cœur est-il profondement attaché, elles ne peuvent se défendre d'inquiéter un homme qu'elles voient même en passant : il faut qu'il leur rende hommage, et, pour l'obtenir, elles s'aventurent souvent. Réussissent-elles, il leur est doux de nous faire honneur de la victoire; bien entendu cependant qu'el-

* Il ne s'agit ici que des grandes villes.

les cachent toujours certains frais qu'elles ont été contraintes d'acquitter d'abord.

En Orient, il n'y a pas trace de cette coquetterie qu'on trouve en Europe. Une femme se pare parce qu'elle espère, en devenant plus belle que ses rivales, fixer le maître commun : elle ne vise pas plus haut qu'au monopole du plaisir.

C'est par le refus qu'une femme jouit de sa dignité, assaisonne, relève et rajeunit sa possession. Il arrive donc quelquefois à la femme la plus vertueuse d'avoir une certaine pointe de coquetterie; alors elle ne se fait attendre que pour être plus désirée : c'est une délicatesse de plaisir.

Les femmes ne sont pas toutes promptes à devenir coquettes ; en dépit des instructions qu'on leur donne, elles combattent long-temps au profit de leur cœur ; en général, il faut que leurs charmes baissent pour qu'elles usent des ressources de la coquetterie : elles la subissent avant de l'imposer.

Ce n'est guère qu'à trente ans que les femmes savent bien se défendre et bien nous attaquer ; jamais elles ne se montrent si habiles. Enfin, elles ne font attendre leur défaite qu'au moment où elle commence à perdre de son prix.

Il est certaines femmes qui calculent si mal leur coquetterie, qu'entraînées par une inspiration subite, elles expirent quelquefois de douleur pour avoir trop bien réussi.

J'en pourrais citer d'autres dont le cœur reste tendre jusqu'au dernier jour de la vie : elles sentent en elles la puissance qui aime ; mais elles n'ont plus les charmes qui font aimer. Le désespoir les ulcère : alors elles révèlent aux jeunes femmes ce qu'elles savent de coquetterie, comme une vengeance à exercer contre tous les hommes.

Le siècle dernier a eu des femmes dont une légère et gracieuse coquetterie a fait oublier la vieillesse; elles ont gardé des séductions jusqu'au dernier jour ; l'âge leur ôtait tout espoir ; elles aimaient toujours ; c'était une tendresse vague qui avait sa source dans le cœur, et que tous les charmes de la conversation embellissaient encore. Elles sont mortes enfin enveloppées d'hommages, et on les a encensées sur leur tombe.

Il y a des femmes que ni force ni tentation ne peuvent faire faillir ; on les hacherait plutôt que de les rendre coupables. Mais vous les saisissez le matin à l'improviste, elles en perdent leurs avantages. Aussitôt elles s'enflamment de dépit et vous jurent une haine immortelle. Il faut que leur beauté fasse sentir tout ce que leur coûte leur devoir.

La coquetterie comme science a beaucoup perdu de nos jours. Les hommes ne vivent plus assez auprès des femmes pour attiser en elles l'ardeur des conquêtes. Les passions politiques ont désarmé, pour ainsi dire, la coquetterie. Les femmes paraissent encore dans les salons : elles n'y règnent plus.

Les mœurs du siècle dernier inventées toutes par les femmes, tournaient nécessairement à leur profit : elles admettaient les hommes à cette partie de leur toilette où leurs grâces ne se développaient que pour mieux séduire; elles recevaient ces mêmes hommes dans des visites du matin; et le soir, à souper, elles les retrouvaient attentifs auprès d'elles. Procédés délicats, galanterie raffinée, devoûment sans bornes, obéissance absolue; elles n'avaient qu'à se montrer : elles obtenaient tout. Mais ce pouvoir était trop considérable pour se soutenir à lui seul; les femmes le ravivaient sans cesse par les détours d'une coquetterie inépuisable : elles savaient promettre, refuser, et faire valoir quand elles accordaient; elles n'étaient pas doctes, mais elles avaient un esprit de conduite, une éducation féminine, qui ne se démentaient jamais : elles nous attachaient; elles ne s'engageaient pas. Un peu de fausseté se mêlait à tant d'habileté; mais le mal n'était pas grand : leur cœur rectifiait tôt ou tard les abus de leur puissance. La socitété, en retour, recevait un mouvement et un intérêt continuels : c'était une lutte de grâces, d'esprit et de sacrifices, qui passionnait toute la vie. Les femmes maintenant s'éteignent dans leurs devoirs de famille : elles ne savent plus se parer de leurs agrémens *.

Il y a une espèce de coquetterie qui n'abandonnera jamais les femmes ; elle n'admet ni calculs ni réflexions : c'est l'instinct du sexe. Cette coquetterie éclate dans les campages comme dans les villes; c'est un enfantillage qui, naïf, prompt et adroit, amuse, attire et distrait; il s'infiltre dans les gestes, anime la physiono-

* J'écris le 16 novembre 1831 ; 4e édition, tome IV.

mie, et se balance dans des *non* et des *oui* continuels; le lendemain du mariage il disparaît : son rôle est rempli.

Les jeunes filles qui appartiennent aux dernières classes de la société sont victimes d'une coquetterie que j'appelle secondaire : elles ne peuvent inventer les piéges de l'esprit et les ressources du manége, qu'on n'apprend que dans les grandes villes : alors elles appellent à leur secours l'éclat ou la nouveauté des vêtemens; mais elles ne peuvent suffire à pareille dépense; d'un autre côté, elles ont soif de plaire. C'est par cette coquetterie qu'on les gagne. Le plus léger cadeau qu'elles acceptent est un arrhe qu'elles donnent contre elles-mêmes : affaiblies par la reconnaissance, elles succombent. C'est la toilette qui, leur valant des conquêtes, précipite leur défaite : ce qu'elles ajoutent à leur beauté, elles le retranchent sur leur sagesse.

On a pu dire jadis d'un homme qu'il était coquet; cette expression avait su prendre sa place au milieu de la gravité du grand siècle; aujourd'hui, d'un homme à capitaux, mais insignifiant, on affirmera qu'il se met avec goût, mais non pas qu'il est coquet dans le sens que les femmes ont donné à ce mot. La médiocrité la plus futile préfère argumenter sur les affaires publiques : là, le succès est facile, il est assuré. A ne se faire que l'écho de certaines passions, on parvient à être écouté, quelquefois à être applaudi. Mais pour plaire aux femmes, il faut absolument avoir des grâces et même des vices à la mode : c'est trop à la fois pour les riches du temps.

La coquetterie est un jeu où les femmes perdent rarement ; d'abord elles ne le prennent pas au sérieux, ensuite elles ont au besoin une issue pour la retraite. La position des hommes est différente : d'un amusement ils font une passion; au lieu de se tenir sur la défensive, ils se découvrent ; la résistance les enflamme, et ils se cramponnent à tout ce qu'ils peuvent saisir. Dans cet état, aussi incapables de vaincre que de se maitriser, ils cèdent et fléchissent, promettent, accordent et épuisent toutes les concessions, sans rien obtenir. On se fortifie de leurs sacrifices pour les repousser avec avantage : ils chargent eux-mêmes les armes dont on les blesse.

Il y a certaines femmes qui sont douées d'un premier coup-d'œil de coquetterie auquel rien ne résiste : elles n'aperçoivent l'obstacle que pour le renverser. On s'étonne d'une science si précoce et si subite; on leur en demande le secret, elles ne peuvent vous le révéler. Il faut les suivre lorsqu'elles sont au milieu de l'action; elles s'élancent avec tant de vivacité, de justesse et de précision, qu'elles n'ont pas le temps de s'observer; elles ne se recueillent pas pour vaincre : elles improvisent la victoire. Ces mêmes femmes sortent quelquefois d'une chaumière pour arriver à un trône; elles ont en partage l'éclat, la grandeur, l'adresse et la ruse; mais elles sont rarement heureuses. Les qualités qu'elles possèdent ont quelque chose de trop excessif pour leur sexe; elles ne peuvent pas non plus les placer haut dans le nôtre; aussi ne connaissent-elles quelques retours de bonheur qu'en s'éloignant, par la pensée, de leurs succès; elles plongent au fond de leur mémoire pour y retrouver les premiers jours de leurs commencemens.

On doit aux femmes une multitude d'ouvrages où elles ont peint, avec le plus rare bonheur, tous les sentimens dans leurs nuances les plus délicates comme les plus imperceptibles. Mais nulle d'entre elles, n'a encore été tentée d'écrire un traité sur la coquetterie; au milieu des épanchemens de leurs correspondances les plus intimes, elles n'ont rien découvert d'important dans ce genre: on dirait que d'instinct elles ont toutes la discrétion de leur puissance.

DE LA

CIVILISATION.

DE LA CIVILISATION.

Je l'avoue, des livres consacrés à la civilisation, je n'en ai lu aucun. Sur cette grave matière, je révélerai seulement ce que m'ont appris l'histoire, mes propres voyages et l'attention soutenue avec laquelle, depuis dix-huit ans, j'observe ce qui se passe autour de moi. D'abord qu'est-ce que la civilisation? c'est le développement plus ou moins complet des facultés de l'esprit et des sentimens du cœur. En conséquence il n'y a de société éminemment civilisée que celle qui accorde à l'homme toute la liberté dont il peut jouir comme créature intellectuelle, et tout le bonheur qu'il peut percevoir comme créature sensible; où rien de pareil n'existe : barbarie; des deux conditions, une seule se montre-t-elle, même avec certaine étendue : civilisation imparfaite. Réunir les deux conditions, constitue la véritable civilisation. Maintenant d'où sort celle-ci ? au préalable, une première observation : de très vieille date, la volonté d'un seul n'a-t-elle pas triomphé de la volonté de plusieurs? Oui; mais pourquoi? C'est que, sous peine de ne pas réussir, il faut que toute volonté unique convoque et réunisse autour d'elle plusieurs autres volontés. Formant ainsi phalange, elle n'a plus qu'à triompher de ce qui reste isolé. C'est donc de l'association, ou, pour être mieux compris, de l'esprit d'association que découle la civilisation : dès lors, chez chaque peuple, cette dernière s'éclipse ou progresse suivant la place qu'occupe l'esprit d'association. Considéré dans les sentimens qui lui sont propres, le cœur s'isole-t-il à ce point que, parmi les chefs *, les femmes sont renfermées, l'homme, par cet outrage dirigé contre ce que l'esprit d'association contient de plus délicieux, se dégrade lui-même de son sort :

* En Orient.

aussi, pour les membres de l'agrégation, en résulte-t-il l'abrutissement total de toutes les facultés intellectuelles; et, jusqu'à l'hérédité du trône, tout devient incertain; sans nul mélange éclate la barbarie. Ailleurs *, au lieu de pénétrer tout à la fois dans les sentimens du cœur et les sublimités de l'intelligence, l'esprit d'association s'attache à ces dernières. Par elles on se groupe; par elles toutes les ressources sont mises en commun; mais en même temps on refuse au cœur la félicité entière qu'il doit posséder. Très brillante sur un point, cette sorte de civilisation a toujours été entachée de barbarie sur un autre : elle en-

* Républiques de l'antiquité.

fante de grands et d'habiles citoyens; mais, dans la vie privée, elle ne donne que des hommes durs et impitoyables. Par suite de cette déviation, le christianisme lui-même ne peut triompher de la férocité que tant de génie et de gloire avaient naturalisée dans l'antiquité *. A d'autres peuples l'avenir permet, mais après de longs siècles, d'apporter enfin au monde les bienfaits de cette véritable civilisation que depuis si long-temps il attendait. Des masses à demi-sauvages, accourues des forêts ou descendues des montagnes, enlèvent, et toujours les armes à la main, tout le territoire alors connu. Emportées par l'avenir qu'elles

* Bas-Empire.

recèlent, ces mêmes masses, au sein de la barbarie, connaissent l'esprit d'association. Les hommes qui les guident, prodiges de force et d'intrépidité, idolâtrent les femmes et anoblissent ainsi leur vie privée. S'agit-il de risquer les périls de l'expédition la plus aventureuse, ce sont encore les femmes qu'ils consultent. Enfin, s'élancent-ils sur les champs de bataille, c'est grâce à l'esprit d'association qu'ils obtiennent la victoire *. Malheureusement ces sauvages privilégiés, si sublimes par le cœur, laissaient beaucoup à désirer dans leur intelligence. Au lieu d'instituer la régularité de l'ordre, ils n'établirent partout qu'une barbarie tout

* Mœurs des Germains par Tacite.

à la fois violente et généreuse. Qu'arriva-t-il ? qu'ils en tombèrent eux-mêmes victimes. Mais ils avaient reçu la foi chrétienne; et quoique dans son impétuosité leur valeur eût amoncelé d'innombrables ruines, au sein de celles-ci le germe était semé. Néanmoins, avant même qu'il n'apparût, le monde eut à souffrir les déchiremens de la féodalité, déchiremens si inévitables, qu'ils se reproduisirent dans toutes les contrées sous des formes toujours semblables ; mais on doit le remarquer, alors que la féodalité ne semblait respirer que meurtres et désastres, elle était améliorée par les croyances religieuses, tandis que la royauté, de son côté, la domptait souvent. Forte de son essence, et soutenue par l'autorité judi ciaire, la royauté obtint un triomphe définitif; mais à quelles conditions? en assurant à l'homme, martyr de la féodalité *, une félicité véritable dans les rapports du cœur et un espace considérable pour son intelligence. La féodalité cède; des villes s'élèvent partout ** ; dans leur sein se développent aussitôt les premières lueurs de l'instruction littéraire, en même temps que, pour se conserver, elles inventent, ou pour mieux dire, recréent les ressources de l'industrie commerciale. Leurs efforts sont couronnés

* On aurait tort de croire cependant que la féodalité ait été sans nul avantage. 4e édition.

** Il faut excepter les républiques italiennes au moyen âge, dont la splendeur a précédé l'émancipation de la royauté. 4e édition.

d'un plein succès; et, à prix d'argent, les villes sont alimentées par la population des campagnes, désormais libre et protégée. Alors l'individu est sauvé et redevient tout à la fois homme et citoyen. Mais avec l'usage arrive l'abus : comme il peut penser et sentir dans d'immenses proportions, le nouveau membre de la société est tourmenté d'un sentiment qui jusque-là lui avait été inconnu : le sentiment de sa dignité morale; et il en est persécuté à ce point qu'il veut intervenir dans la direction de la société. Remarquez que le caractère religieux qui, en éclairant son esprit, lui avait néanmoins imposé certaines limites; ce même caractère religieux, dis-je, est attaqué à son tour, tandis que les derniers débris de la féodalité s'écroulent de leur côté. Deux forces principales restent en présence, le pouvoir et la civilisation : une lutte s'engage; et, depuis quarante-quatre ans surtout, d'effroyables désastres en sont résultés pour le pouvoir et la civilisation : par suite une trève a été signée; nous vivons provisoirement sur sa foi. Mais enfin, pour le salut commun, il faut que cette même trève soit convertie en une solide et durable paix; quelles en seront les conditions? voilà ce que je vais tenter d'expliquer.

D'abord, à examiner attentivement le pouvoir, on arrive à ce résultat, c'est que toutes les fois qu'il ne sort pas d'une conquête subite, il contracte avec les siècles qui l'ont produit certaines obligations dont les unes sont absolues et les autres relatives.

De ceci naît une différence essentielle entre le pouvoir et la civilisation; c'est que, tandis que l'un est enchaîné à certains antécédens, l'autre ne se passionne que pour le présent. Quelle en est la cause? c'est que la civilisation enfante une puissance qui la subjugue elle-même: la puissance de l'esprit. Une fois créée, celle-ci se fait juge du pouvoir; et, comme la justesse n'est pas une qualité essentielle de l'esprit, la civilisation ne considère plus le pouvoir que relativement à elle et sans lui tenir compte de ses antécédens. A part cette première cause si féconde en effets, la civilisation, par suite de l'éducation qu'avec le temps elle répand dans toutes les classes, les rend mécontentes du pouvoir, qui ne peut les élever à proportion de ce qu'elles sentent. Puis arrive une autre conséquence de la civilisation, le luxe qui jette dans la société une multitude de désirs et de besoins nouveaux. Ses jouissances les plus enivrantes ne pouvant être achetées que par quelques-uns, elles irritent de leur privation le grand nombre. Enfin, l'industrie commerciale parvient-elle au plus haut degré, assure des richesses si infinies, que ceux qui les possèdent veulent à tout prix obtenir l'influence principale.

Maintenant que j'ai fait connaître

quelles sont aujourd'hui les diverses exigences de la civilisation, il faut voir si, avant d'y céder, le pouvoir n'aurait pas plus d'avantages à refaire la civilisation sur un plan tout-à-fait nouveau.

Ce préliminaire doit être décidé d'abord.

Sous quelles formes se montre en général le pouvoir en Europe? c'est revêtu de la royauté. Que faut-il pour que celle-ci réunisse action et éclat? des armées permanentes, des tribunaux, une administration et des cours : sans contredit voilà d'énormes dépenses. De quelle manière y pourvoir? par les impôts. Qui, en majeure partie, les paie?

l'industrie *. La royauté voudrait-elle l'entraver; alors, impossible à elle de lever, faute d'argent, des armées permanentes; elle n'aurait donc que des armées volontaires, c'est-à-dire des soldats dévoués à quelques chefs particuliers, lesquels ne suffiraient à leur entretien que par le pillage et la dévastation ; en d'autres termes, la féodalité renaît. Mais, par pure supposition, je tiens comme démontré que, déclarant la guerre à la civilisation, la royauté puisse payer des soldats; épuisée par un tel effort, elle serait impuissante à solder désormais l'administration et les tribunaux. Alors les immenses impôts qui s'attacheraient

* C'est-à-dire le commerce qui fabrique ou qui vend.

surtout à la propriété foncière, pourraient à peine se percevoir, tandis que la justice n'étant plus distribuée, le désordre régnerait tout à la fois dans l'état et dans les familles. Mais, dira-t-on, vous ne comptez pas les domaines des rois. Enseignez-moi d'abord ce qu'ils sont devenus pour la plupart. Mais en les prenant tous comme productifs entre les mains des souverains, ils donneraient si peu, que ceux-ci vivraient dépouillés de la représentation qui constitue leurs cours. Au moment où le luxe est si grand chez les peuples, la majesté serait voilée chez les rois.

De cette rapide discussion reste démontré que la civilisation ne peut être refaite à neuf par le pouvoir; c'est-à-dire la royauté *. La civilisation, de son côté, ne serait pas plus heureuse, si elle tentait de modifier le pouvoir : elle exigerait tant, que, dans un commun bouleversement, elle périrait avec lui. Ainsi pour le pouvoir et la civilisation, il y a nécessité d'une réconciliation complète. Comment sera-t-elle opérée? de la manière suivante. Le pouvoir, comme je l'ai dit plus haut, a contracté, par suite de la marche du temps, deux sortes d'obligations, les unes absolues, les autres relatives. Il ne cédera jamais sur les premières, mais concédera habilement sur les secondes. D'un autre côté, la civilisa-

* Du moins en Europe.

tion ne réclamera que ce qui lui est indispensable, c'est-à-dire qu'il y aura des institutions dans l'intérêt du pouvoir et des institutions dans l'intérêt de la civilisation.

Je traite d'abord des institutions qui sont dans l'intérêt de la civilisation. Quel en sera le principe? la liberté, jamais l'égalité; et comme la civilisation penche toujours vers cette dernière, il faut, dans toute société avancée, étouffer l'égalité sans nulle pitié.

La première de toutes les institutions que le pouvoir concédera à la civilisation est celle qui permet à plusieurs citoyens choisis de décider des intérêts qui sont particuliers à l'agrégation dont ils font partie : de là naît l'institution municipale.

Toute société a des intérêts généraux comme elle a des intérêts particuliers. Les plus influens de ses membres seront appelés à la défense de ces intérêts généraux, qui, comme les intérêts particuliers, ont besoin de liberté. Ici on reconnaît le principe des états généraux, provinciaux, ou bien encore le mode actuellement suivi dans la plus grande partie de l'Europe *.

La liberté est nécessaire aux talens et à l'industrie dans ses œuvres les plus vul-

* Gouvernemens mixtes, c'est-à-dire représentatifs.

gaires; alors des corporations se forment de leur propre mouvement, le pouvoir les reconnaîtra, ainsi que les lois spéciales qu'elles s'imposent. Et lorsqu'un citoyen soumis à ces mêmes lois sera inquiété dans le libre exercice de ses droits, tous les citoyens, ou du moins les principaux de ceux qui font partie de la corporation, interviendront entre le pouvoir et le citoyen.

Telles sont les institutions plus ou moins indispensables à la civilisation, et qui d'ailleurs dérivent de l'esprit d'association *.

* Si, depuis la restauration, l'industrie a pris un accroissement prodigieux en France, c'est que, dans les entreprises

Ce n'est pas tout, la civilisation, qui augmente les lumières, donne à chaque citoyen la conviction qu'il est capable de conseiller la société; quelquefois elle lui en donne la capacité : de là le droit de manifester ses pensées autrement que par la parole; en d'autres termes, la liberté de la presse *.

les plus grandes comme les plus minimes, tout devient possible, parce que tout se fait en commun. Il est vrai que, dans ce cas, le gain qui se partage est moins considérable; mais la perte se partageant aussi, ne ruine plus personne.

* Je conviens qu'il existe des contrées où il y a civilisation sans liberté de la presse : telle est l'Autriche; mais, dans cet empire, les intérêts généraux sont défendus par des hautes classes très puissantes. Dans quelques républiques il n'y a pas non plus liberté de la presse ; mais d'autres avantages la remplacent. La révolution, en France, ayant tout nivelé, la liberté de la presse est indispensable surtout

Placée dans une route encore plus vaste que les désirs, les prétentions et les sentimens qu'elle fait éclore, la civilisation cesse d'être redoutable au pouvoir. Mais en même temps il est juste d'accorder à celui-ci une large part. Les institutions, dans son intérêt, seront l'administration, la justice, l'armée et, à certains égards, la religion, quoique, par son essence, elle soit bien plus qu'une institution.

L'administration forme une institution dans l'intérêt du pouvoir, parce que celui-ci crée et distribue les divers emplois dont elle se compose. Moins il y aura

dans l'intérêt du pouvoir. N'oublions jamais les années qui se sont écoulées da 1816 à 1820. 2e vol. 4e édition 1825.

d'agrégations particulières se destinant à la défense des intérêts généraux et privés, plus l'administration sera multipliée dans ses rouages *.

La justice, par l'élection des individus, est encore une institution dans l'intérêt du pouvoir; néanmoins elle doit être forte et indépendante, principalement chez tout peuple qui, d'origine monarchique, a été nivelé par une démocratie passagère, car la justice alors a seule capacité pour être désormais arbitre entre le pouvoir et la civilisation.

* C'est ce qui est arrivé depuis trente ans en France, soit pendant la *révolution*, soit sous l'*Empire*. Plus tard, sans doute la royauté modifiera l'administration : elle l'a déjà tenté. 2e vol. 4e édition 1825.

L'armée est encore une institution dans l'intérêt du pouvoir, puisqu'elle l'investit de la force publique, et cette force publique appartient au pouvoir, parce qu'il faut qu'il commande.

La religion, dans le sens étroit dans lequel je la considère, tient lieu d'une institution, parce qu'elle fait de l'obéissance qui est due au pouvoir une obligation pour la conscience.

Les mœurs, les traditions et les souvenirs ne peuvent pas sans doute être comptés au nombre des institutions dans l'intérêt du pouvoir; mais, comme ils conservent la chaîne des temps, ils concourent à l'affermissement du pouvoir : celui-ci doit donc les défendre contre les attaques souvent irréfléchies de la civilisation.

Enfin, le pouvoir, pour éterniser sa durée, appellera autour de lui et formera une indestructible alliance avec toutes les grandeurs sociales, quelle que soit leur nature.

En résumé, une lutte s'est engagée entre la civilisation et le pouvoir. Pour leur mutuelle conservation, il faut que cette lutte se termine par une paix sincère et durable ; aussi en ai-je indiqué les moyens.

Tout pouvoir qui veut se perpétuer a besoin d'avis ; mais, pour les obtenir, à qui s'adressera-t-il désormais? sera-ce aux membres des classes supérieures qui l'entourent? non, mais aux citoyens de ces classes répandues dans tout le territoire qui lui est soumis. Il y a plus, comme ceux-ci ne peuvent se conserver que par la manifestation de la vérité, dans son propre intérêt, il les fera donc participer à la création des lois. Enfin, pour être d'autant mieux éclairé sur les vœux et les besoins de la population entière, il confiera l'élection de ces citoyens * à un grand nombre d'autres qui auront également intérêt à la manifestation de la vérité. Mais pareils élus, me dira-t-on, se ressentent de la chaleur que leur com-

* Chambre des députés.

munique la masse dont ils doivent être la sincère expression; alors le pouvoir, pour arrêter la précipitation de leurs mouvemens, mettra en face la réunion la plus complète de toutes les grandeurs sociales alors existantes, auxquelles il donnera encore le poids de l'hérédité *. Ce n'est pas tout; pour ne jamais compromettre sa majesté, il désignera certains hommes, qui, sous leur propre responsabilité, proposeront aux élus les lois, et, avec leur approbation, pourvoiront aux dépenses publiques. Parmi ces élus, les

* Chambre des pairs. 2e vol., 4e édition 1825.

L'hérédité de la prairie est détruite pour le moment en France; c'est un déplorable attentat qui a été porté à la liberté de tous : on s'en apercevra plus tard. (18 mars 1833.

uns défendront, les autres attaqueront *. Les agens principaux du pouvoir marchent dans une direction unique, les élus, amis ou ennemis, en font autant; il en résulte une précision parfaite. Quelques-uns agissent seuls; de cette manière on est délivré des passions de la multitude; puis, après de longues discussions où la vérité finit toujours par être révélée, arrive un résultat définitif; c'est-à-dire que ce qui a été discuté et délibéré par les principaux intéressés du pays, le pouvoir l'adopte et l'exécute. C'est ainsi que, dans un mode habilement mélangé, se trouvent réunis les avantages que présentent les diverses formes gouvernemen-

* C'est ce qu'on appelle opposition.

tales, tandis que les inconvéniens en sont écartés. Les peuples, en Europe, courent donc avides après ce mode, qui, de lui-même s'adapte aux localités les plus diverses, comme pour mieux répandre dans toutes la véritable civilisation *. Néanmoins, cette admirable civilisation vivra peut-être moins d'années qu'il n'a fallu de siècles pour la produire. Mais quel que soit l'ennemi qui la renverse, il n'en profitera pas ; car apparaîtront aussitôt les inconvéniens des différentes formes de gouvernemens dont le système représentatif avait su n'exprimer que les avantages : alors aussi éclatera une bar-

* Angleterre, France, Bavière, Wurtemberg, etc. 4e édition.

barie si violente, que d'un seul coup elle tuera, pêle-mêle, vainqueurs et vaincus.

Nul doute : il y avait beaucoup à souffrir au moyen âge; et au milieu de toutes les violences réunies, la civilisation ne pouvait s'établir. Cependant la féodalité constituait une classe remplie d'hommes qui possédaient de hautes qualités : ils ont alors continué cette sorte de susceptibilité individuelle sortie triomphante des camps de nos ancêtres, et qui, sauf de rares exceptions, a toujours empêché que dans certains rangs une dégradante soumission ne s'établît en Europe. Vaincus, ils ne transigèrent qu'avec toute la fierté de leurs vieux souvenirs, et, par là, habituèrent le pouvoir à des formes qu'il conserva ensuite avec les autres genres de grandeurs qui naquirent plus tard. Les hommes de la féodalité ont si noblement modifié le pouvoir, qu'au profit de la civilisation, lui-même relève et honore jusqu'à l'obéissance.

On est habile homme d'état quand, aux désordres de son siècle, on fait succéder un système quelconque de perfectionnement. Ne dure-t-il qu'un petit nombre d'années, il n'en apporte pas moins des avantages qui jusque-là avaient manqué; puis il tombe à son tour remplacé par un système contraire. En définitive, la civilisation est due à cette série de contrastes tous fécondans. Qu'est-ce que cela prouve? que dans les siècles comme dans les hommes règne une dissemblance complète. L'uniformité à laquelle la révolution française a prétendu assujettir l'Europe, n'était donc qu'une barbarie universelle, d'ailleurs très savamment déguisée. On se trompe quand on croit qu'il n'y a qu'une sorte de barbarie; seulement, entre celle qui vient de l'abus de la force et celle qui résulte de l'excès de l'esprit : voici la différence; c'est que la première, si elle s'adoucit, arrive souvent aux plus brillantes destinées; l'autre, au contraire, les a franchies.

A part les conditions que j'ai indiquées plus haut, pour que la civilisation existe, il faut de plus, s'agit-il d'un peuple puissant, des classes intermédiaires, parmi lesquelles, quelques-uns qui dominent par d'immenses richesses *, entrent dans les classes supérieures pour réparer leurs pertes; alors ces parvenus de l'industrie servent de lien entre le peuple dont ils sortent, et les grands auxquels désormais ils appartiennent. C'est ainsi qu'à force de se toucher, les intérêts s'enlacent tellement, que toute commotion devient générale. Enfin, c'est ainsi que, d'une immense population divisée en plusieurs classes, la civilisation ne fait cependant qu'un même tout.

Dans la société chrétienne, il y a tou-

* Je parle de celles que donne l'industrie commerciale.

jours eu, depuis bien des siècles, durée en même temps qu'amélioration, parce-que, au profit du pouvoir, un mode d'avis ou de remontrances a toujours succédé à un autre. La féodalité détruite, la chaire a proclamé la vérité; la foi étant moins vive, la magistrature, jusque dans les cours, a fait retentir d'admirables conseils. Les mœurs ont-elles été froissées dans leur délicatesse, aussitôt, à leur tour, elles sont devenues d'insurmontables points d'arrêt. Puis voyez dans quel cercle le pouvoir tourne en Europe! Henri VIII, fort de la terreur qu'il inspire, et impatient de satisfaire ses passions, attaque la foi religieuse, souveraine depuis tant de siècles. Il réussit; mais cette haute barrière brisée, le régicide passe*, et le pouvoir absolu imprime lui-même l'impulsion au mouvement qui, plus tard, devait l'engloutir **. Richelieu, après avoir achevé la ruine des grands, fonde l'Académie française; écartant des affaires la force physique, il commence le règne de l'esprit. C'est ainsi que, depuis plusieurs siècles, le pouvoir n'abat pas une résistance, sans que, de ses ruines, ne sortent plusieurs libertés.

Au profit de la civilisation, je rapproche, dans ce qu'il y a de plus excessif, le pouvoir d'un seul du pouvoir de la multitude, c'est-à-dire qu'un instant je com-

* Assassinat juridique de Charles Ier.

** Révolution de 1688.

pare la tyrannie orientale à la tyrannie française sous la Convention. D'abord tout despote s'arrête à la mesure de sa cruauté individuelle; puis dans quelques uns de ses caprices, il est retenu par la constitution religieuse. A-t-il un grand caractère, il trouve dans l'obéissance absolue, qu'en général il impose, d'innombrables moyens d'amélioration; et c'est ainsi que, de temps à autre, il obtient l'éclat que distribue la gloire. En Orient, c'est le maître, ce sont ses principaux ministres, c'est l'état qui, dans sa splendeur, souffrent et courent sans cesse des risques : quant au peuple, surtout celui des villes, il vit moins à plaindre qu'on ne pense. Maintenant je m'occupe de la tyrannie conventionnelle. Elle reçut mission pour détruire parmi nous : à cet effet que fallait-il? qu'elle se réunît dans une volonté unique, qui, plus absolue que le despotisme même, régnât sans nul contrôle. Ce n'était pas encore assez, il fallait que cette volonté unique, afin de mieux pomper le sang, surprît par la diversité de ses formes : elle était sûre alors de tout engloutir dans un commun néant. En Asie, la volonté du maître ou de ceux qui administrent, étant de tradition, s'éternise immobile. En France, où la tyrannie conventionnelle avait jailli de la liberté même des opinions, il devint impossible de se racheter; le fanatisme décimait qui ne pensait comme lui. Ailleurs, les croyances religieuses enchaînent maîtres et esclaves; parmi nous la foi était restée si peu puissante, qu'on put un instant commander à Dieu de sortir de ses temples. Enfin le glaive du despotisme, qui, en Orient, n'appartient qu'au petit nombre, devint en France le jouet de la multitude. Aussi, pour amuser son imbécilité meurtrière, il n'y eut hameau si imperceptible qui ne comptât ses geôliers, ses bourreaux et ses victimes. A d'autres époques, la populace se gorgeait de vin dans ses fêtes; désormais, pour mieux épancher sa nouvelle soif, on lui donna du sang, et la Convention s'organise pour que, grossi sans cesse dans son cours, ce sang coulât comme si désormais il n'eût jamais dû s'arrêter. Parmi ses membres, les uns proclament la loi des suspects, les autres vont en presser l'exécution. Les bourreaux manquent : les missionnaires de la Convention égorgent en concurrence avec eux. On ne les voit pas se délecter dans des supplices sans fin ; mais alors on voulait tant tuer qu'on ne pouvait tuer lentement. L'histoire le constate ; quatre siècles d'une domination hostile ont pesé sur les Grecs, et cependant ils sont restés si pleins de ressources, qu'aujourd'hui * ils exterminent leurs anciens dominateurs. Mais que la Convention eût régné quatre ans sur l'Europe, elle aurait délibéré en plein air ; car on l'aurait vu dévorer les ruines mêmes du repaire où avait d'abord hurlé sa rage. Voilà le point

* 1825. 4e édition.

précis de la comparaison entre la tyrannie de l'Orient et celle de la Convention, ou, pour mieux dire, j'ai placé juste à côté l'un de l'autre le despotisme d'un seul et le despotisme de la multitude. Si ce dernier vient d'apparaître si hideux, c'est que, lorsqu'il se groupe dans le vote d'une assemblée unique, il jette dans la civilisation, et en les multipliant, tous les maux attachés au despotisme d'un seul, sans consoler par aucun de ses avantages.

La civilisation peut exister quelquefois sous les formes les plus absolues; mais il faut alors que le caractère du prince soit plein de grandeur, d'éclat, de générosité et de courage. Et comme une famille ne peut long-temps donner de grands princes, ou même découvrir d'habiles ministres, les dynasties qui exercent le pouvoir absolu s'usent vite, et la barbarie touche de si près à la civilisation, que, du père au fils, on a plus que le temps d'y passer.

Il est une nation qui, depuis un siècle et demi, en commandant à la civilisation, la précède. Pour arriver aussi haut, a-t-elle conquis sans cesse des empires, brûlé des villes, enchaîné des populations entières, ou bien s'est-elle renouvelée complètement dans ses lois, ses mœurs et ses usages? Loin de là, elle s'est toujours montrée si fidèle à ses traditions et si attachée à ses antiquités, qu'elle les a presque toutes religieusement conservées. Qu'a donc fait cette nation? chez elle, idées, capitaux, sentimens et croyances, tout jusqu'au dernier rang s'est associé. De là, les citoyens qui ne se présentent qu'en masse devant le pouvoir, en ont obtenu la liberté la plus étendue, tandis que, de son côté, l'état a reçu la puissance la plus infinie. Enfin c'est pour avoir deviné et exploité l'esprit d'association dans tous ses avantages, que l'Angleterre régit la moitié du globe, tandis que, de son influence, elle arrête l'autre.

J'ajoute encore quelques mots pour faire connaitre sous tous ses rapports l'état actuel de la civilisation *. Je le de-

* 1825. 4e édition.

mande, la barbarie qui règne à Constantinople ne doit-elle pas bientôt se retirer devant les victoires des Grecs * ? sachons attendre. Et comme cette même barbarie n'a souillé l'antique Bysance que par l'éclipse du christianisme, si celui-ci rentre vainqueur dans ses murs : voilà une civilisation de plus au monde. D'un autre côté, des peuples nés en Amérique, et pendant plusieurs siècles heureux et paisibles sous la royauté **, en brisent le joug; ils se constituent républiques chrétiennes, et veulent se gou-

* L'indépendance de ce généreux peuple est plus que reconnue par toute l'Europe ; celle-ci vient de lui donner un roi (18 mars 1833.)

** Le gouvernement des rois d'Espagne, en Amérique, était en général doux et paternel.

verner eux-mêmes pour donner à leur intelligence certains développemens qui jusque-là lui avaient été refusés. Dans ce même continent quelle masse d'états toujours croissans * s'élancent depuis un demi-siècle rivaux redoutables pour la civilisation, qui tant d'années a brillé sédentaire en Europe. Maintenant à quelles conditions celle-ci gardera-t-elle sa suprématie? Il faut, déjà si élevée sous les rapports intellectuels, que, par toutes les vertus privées, elle régénère sa vieillesse; il faut enfin que, bien réglée, la liberté ne lui manque jamais. Mais je prends parmi nous ** le pouvoir se dé-

* République des Etats-Unis.

** C'est-à-dire en Europe. 1825.

vouant à la splendeur de la civilisation, que de difficultés n'aura-t-il pas à surmonter? d'abord les avis intéressés de ceux qui l'entourent et qui lui insinuent que, pour se conserver, il est condamné à être plus absolu que jadis. Echappe-t-il à ce piége, et veut-il, pour mieux diriger le sort de la civilisation, se placer à sa tête, le pouvoir, quels que soient ses desseins, ne se sent pas soutenu comme autrefois par l'élite des classes supérieures; en effet, cette élite a été moissonnée, et, à part certaines exceptions, les victimes encore vivantes restent si saisies des derniers excès de la civilisation, qu'au lieu d'entrer dans le mouvement qu'elle a imprimé, elles lui servent de contre-poids. Plus hardis, quelques hommes religieux attaquent en face les prétentions nouvelles de la civilisation, même celles qu'on pourrait lui octroyer, parce que désolés des outrages vomis depuis trente ans contre la foi, ils abhorrent toute forme de gouvernement où, au lieu de croire pour s'humilier, la raison discute pour s'éclairer. Enfin une nuée de brouillons, de sophistes, d'écrivains mercenaires, d'escrocs d'opinion, de voleurs publics à la retraite appellent jour et nuit la liberté, pourvu que, sans frein et sans limite, elle leur assure la curée d'une nouvelle anarchie. Ainsi privé pour le moment du secours de ses alliés et persécuté par les coupables exigeances de ses ennemis, le pouvoir flotte et hésite. Par suite aussi la civilisation, dans certaines contrées de l'Europe, ne se traîne qu'en tâtonnant entre des abîmes : et cependant, qui sait si, à la première chute, elle ne s'engloutira pas pour des siècles !

DE LA JUSTICE.

DE LA JUSTICE.

J'AIME à le dire, jamais siècle ne s'est plus occupé de justice que le nôtre. Livres, tribune, journaux, proclamations, tout en a retenti ; et sur ce point l'inspiration a été si heureuse, que, dans un moment de verve, le siècle a inventé l'épithète de justice nationale. A la vérité, il a un peu fait tort à ses créanciers ; dans ses comptes de peuple à peuple il n'a pas toujours été clair, mais c'est par cela même qu'il a décoré la justice, puisqu'il lui a donné l'illustration de la rareté.

Sans la justice, tout est désordre dans les États; faire honorer la justice est le premier devoir des gouvernans. Prenez pour exemple Rome : sous ses empereurs, le métier de jurisconsulte est le premier de tous; aussi comme les mœurs sont nobles et pures! Depuis quarante-quatre années les gens de justice ont pris en France un accroissement prodigieux; voyez comme l'équité et le bonheur ont fleuri partout!

Mais comparez un instant : dans l'état de nature, c'est la force brutale qui décide toujours à son profit : alors frapper fort, c'est frapper bien. La justice est instituée : aussitôt sur le même point, le pour et le contre, étant sans cesse décidés, il est impossible de ne pas obtenir, au moins une fois dans sa vie, arrêt tant soit peu favorable. Je sais que pour arriver jusque-là, on est maintes fois ruiné sans ressource : mais c'est précisément ce qui démontre la valeur intrinsèque de la justice, puisqu'elle compte aussi ses martyrs volontaires. Au reste, l'homme civilisé aime tant à rendre justice, que de toutes les choses de ce monde, c'est la seule où il procède avec calme et lenteur, et à cet égard, il pousse si loin le scrupule, que parmi nous le génie n'est jamais jugé de son vivant : de crainte d'erreur ou de séduction, il ne reçoit son rang que quand il est bien mort. Définitivement, de tous nos penchans, le plus prononcé, c'est pour la justice. En effet, ne la rencontre-t-on pas jusque dans les États les plus barbares et les plus despotiques ? et dans ces contrées, il lui est si naturel de tendre à la perfection, que ce qui lui manque en douceur elle vous le rend toujours en célérité.

La justice de l'homme étant inévitable, subissons-la : seulement ne la vantons pas trop, car ce qui arrête en tout les derniers développemens, c'est la louange intempestive. Admirateur sincère de la justice, j'oserai donc, dans l'intérêt de sa gloire, lui soumettre quelques légères observations.

On m'accordera sans doute que la condition essentielle de toute justice, c'est la connaissance de la vérité. Mais qui peut mener juste et droit à cette même vérité? la raison de l'homme : examinons-la attentivement. D'abord elle est sans cesse faillible, parce qu'il faut que, pour apprécier, elle se serve des sens qui, par leur nature même, sont restreints et imparfaits. De plus, cette même raison est dépravée par des passions et obscurcie par des préventions. En résumé, c'est ainsi façonné, que l'homme dispose, non-seulement de la vie, mais encore de l'honneur de son semblable. Je le concède : pour posséder ici quelque fausse ressemblance de l'ordre éternel, il y a nécessité d'établir une sorte de justice provisoire. Mais n'est-ce pas assez des faiblesses et des incapacités propres à celui qui m'est donné pour juge? voilà qu'il en appelle d'autres à son secours; il lui faut maintenant des témoins, lesquels, d'après la seule perception de leurs sens, attestent qu'incontestablement telle chose est, parce qu'ils l'ont vue et entendue. Mais pour que de cette manière il y eût possibilité que la vérité surgît, il faudrait d'abord que parmi les sens qui ont perçu régnât une égalité complète. Eh bien, ces sens sont divers et inégaux : ainsi, impossibilité absolue qu'il y ait concordance entre deux hommes qui ont vu et entendu la même chose, parce qu'encore une fois il ne l'ont recueillie qu'à leur mesure individuelle; en d'autres termes, leurs dépositions seront contradictoires, tandis que pour valoir, elles devraient être identiques. Ce n'est pas tout, ce témoignage, si ardemment invoqué, par quelle voie arrive-t-il? la parole. Mais, pour que celle-ci soit la reproduction de la pensée, il est incontestable qu'à l'égard de celui qui entend, de même qu'à l'égard de celui qui dépose, il faut que chaque syllabe et chaque particule aient la même valeur. Cependant des témoins qui appartiennent aux classes populaires sont entendus. N'attachant pas exactement aux mots qu'ils prononcent la valeur qu'ils représentent pour les hommes même d'une vulgaire instruction, il en résulte que, par une traduction infidèle, ils trompent involontairement. Dans le sens absolu, il n'y aurait donc pas justice sur terre. Loin de moi pareille pensée. Seulement j'ai voulu démontrer que la justice étant nécessairement imparfaite, il importe, pour la rendre d'autant plus salutaire, de l'améliorer sans cesse.

J'en conviens avec joie, la justice, en tout ce qui concerne la pénalité, est en général, parmi nous, bonne et humaine*; récemment encore elle vient d'être adoucie :

* Dans le Code anglais on compte deux cent vingt-neuf crimes qui emportent la peine capitale ; et il n'en existe en France que soixante : parmi nous la législation militaire seule laisse beaucoup à désirer, ainsi qu'on le verra plus bas. (4e édition 1825.)

L'Angleterre vient d'adoucir sa législation criminelle; néanmoins les supplices y sont encore restés en grand nombre. (20 mars 1833.)

c'est donc entrer dans la pensée du prince que de révéler quelques dernières taches échappées à l'attention, puisqu'une fois divulgées, elles seront effacées à leur tour.

Je ferai d'abord remarquer que la révolution, en détruisant les grands corps judiciaires, a substitué faiblesse et servilité, où depuis des siècles existaient force et indépendance; elle n'a créé enfin que des employés de justice. La légitimité, il est vrai, a paré à un si grand désastre en nous concédant l'inamovibilité judiciaire; mais pour que nous la sentions productive dans son ensemble, il faut qu'elle soit vieillie par le temps. On me réplique : Vous accusez la révolution! n'a-t-elle donc pas naturalisé en France l'institution du jury? D'accord; mais entée sur l'égalité, de sorte que la multitude convoquée, le discernement, condition essentielle à tout homme qui apprécie même un simple fait, manque à nos jurés. En outre, leur choix appartient au préfet* : donc soumission absolue dans certaines affaires qui exigent indépendance complète. Enfin, et c'est ce qu'il importe surtout de faire disparaître, sur la plus futile dénonciation, un père de famille est plongé dans les cachots, et des mois entiers il est torturé par le secret, alors que toute une ville se lève en masse pour lui servir de caution. Arrive ensuite le jour du jugement où le ministère public, au lieu

* 4e édition, 1825.

de venir à son secours, se déclare, par devoir, ennemi ardent et impétueux; par là, les jurés, hommes simples et naïfs, sont placés entre les déclamations sophistiques des avocats et les phrases toujours trop véhémentes du ministère public, de telle sorte que, la vérité obscurcie, ils condamnent sans preuves ou absolvent malgré l'évidence. Véritablement justice ne pourra être faite que du jour où nul intermédiaire n'existera entre l'accusé et ses juges. Telle n'était pas sans doute la pensée de la révolution qui, nonobstant sa fastueuse sensibilité, avait converti les gens du roi en accusateurs publics : cela devait être, puisque chaque époque a un caractère qui lui est particulier; bouche d'or et cœur de fer; tel est depuis quarante-quatre ans notre cachet distinctif. Nous fatiguons la presse à gémir sous des phrases sentimentales, et notre administration est impitoyable, inquisitoriale; nous abondons en discours philantropiques, et nos lois sont féroces et barbares. Je ne parle pas de ces temps de troubles où, sous peine de mort, il était défendu au père d'écrire à son fils; je laisse à l'écart la législation sur les émigrés : c'est le temps actuel qui m'occupe; et l'ame oppressée, je dis à mes contemporains :

Armés d'une inflexible rigueur, vous avez condamné toutes les classes de la société à consumer dans les camps les plus belles années de la vie. Eh bien : apprenez sous quel système de justice tombe et périt votre jeunesse : les galères, la réclusion, les travaux publics, la dégradation, voilà les peines les plus légères que des législateurs français ont su presser et réunir dans un code où chaque page pèse de meurtre et dégoutte de sang. Mais vous espérez peut-être que du moins le repentir ou le remords obtient quelquefois pardon? jamais. Semblable à la hache, la loi militaire abat tout ce qu'elle touche. Élevé au sein d'une famille déchue d'une splendeur héréditaire, un jeune homme, bouillant de cette susceptibilité qu'inspire une noble éducation, s'indigne de la brutalité qu'il éprouve à son début dans les armes ; alors il va rejoindre l'asile paternel ; mais tout à coup il songe au déshonneur qui menace sa tête et va s'étendre sur sa race, et il reprend, les yeux baignés de larmes, la route qu'il vient de parcourir. Il arrive en toute hâte; l'heure fatale est sonnée, les cachots le reçoivent, et la dégradation l'atteint sur nos places publiques, mêlé et confondu avec celui que la force armée a saisi persévérant dans une désertion invétérée. D'une vive réplique *, un homme de vingt ans repousse l'insolente menace d'un caporal novice; tout à coup la mort civile le frappe. Au contraire, que si, maître de lui-même, au commandement le plus légitime, il répond : *Ma volonté n'est pas d'obéir*, plusieurs mois de prison l'attendent, et cette peine accomplie, le

* Vous êtes un malhonnête, un manant, etc.

coupable retourne dans sa famille, libre de tout engagement *. Arrive-t-il par hasard qu'un malheureux soit absous, aussitôt le ministère public se pourvoit, le jugement est anéanti ** pour vice de forme; et après les douleurs d'une longue captivité***, l'homme déclaré d'abord innocent **** périt sous l'ignominie d'un

* En général, le code militaire n'est qu'un tissu de dispositions aussi contradictoires que barbares. Faut-il s'en étonner? c'est une œuvre de la révolution. (4e édition 1825.)

On a voulu modifier ce code sous la restauration; mais cette tentative n'a eu aucune suite définitive. (20 mars 1822.

** Quant aux violations de loi ou de forme de procédure, tout dans le code militaire est chaos et incertitude.

*** Un sous-officier a langui deux années de suite dans les prisons militaires de Paris.

**** En matière criminelle ordinaire, l'individu, accusé même de parricide, et dont l'arrêt d'absolution est cassé pour

jugement irrévocable *. Mais il faut à tout prix obtenir l'obéissance et la soumission! A mon tour je réplique : Serez-vous toujours en contradiction avec vous-mêmes? Vos lois, vos livres, n'entretiennent

vice de forme, ne peut plus être remis en jugement : le bénéfice d'absolution lui est acquis pour toujours. Au contraire, dans la législation militaire, l'absolution n'est jamais définitive : à la vérité, les peines infamantes sont également décernées contre le tambour et le lieutenant-général, de sorte que le déshonneur s'élève souvent aussi haut que la pairie pour redescendre plus bas que la chaumière. Enfin, un Montmorency, ruiné, sera soldat; et injustement condamné, il traînera le boulet; et c'est ce que nous appelons l'*égalité devant la* LOI.

* A la vérité, la bonté inépuisable de notre monarque vénéré remet la peine à presque tous les soldats condamnés à mort ; mais cette peine n'en est pas moins prononcée par la législation. (4e édition 1825.)

la jeunesse que de liberté et d'égalité, vous l'en saturez; et à l'âge où il lui serait si doux d'en jouir, vous la faites courber de force sous le plus horrible des jougs. Cette jeunesse, qu'ailleurs vous appelez vénérable, vous la bannissez de la société, vous lui ravissez ses juges naturels; et ceux qui la condamnent sont eux-mêmes en pleine forfaiture *. Que de fois n'ai-je pas été offrir à ces malheureux jeunes gens le secours d'une voix toute dévouée à la misère! Mais quel succès pouvais-je obtenir contre des lois qui repoussent l'absolution comme une indélébile souillure? Je veux le crier à la France entière : sa législation militaire

* Les tribunaux militaires n'ont été institués que pour un certain laps de temps qui est bien plus qu'écoulé.

est plus féroce que celle de Constantinople. Dans ce pays de l'arbitraire et des supplices, la peine est toute physique; mais nous, Français du dix-neuvième siècle, de la même peine infamante nous poursuivons le condamné et sa famille. Ce n'est pas tout : sur dix de ces infortunés, six expirent de faim, de froid et de misère, avant de pouvoir toucher le seuil de leur homicide destination; et j'ose l'écrire, si la bienfaisance* n'était assise sur le trône, pas un n'échapperait aux nombreux cimetières qui bordent nos grandes routes. Hâtons-nous maintenant d'ouvrir de pompeuses souscriptions **;

* 1825.

** On doit se rappeler encore les souscriptions pour le

surchargeons les journaux de listes bigarrées de titres fastueux et d'épithètes démagogiques; j'y consens, mais au moins qu'il me soit permis d'étaler à tous les yeux les douleurs déchirantes dont j'ai été le témoin; que le monde sache que devant des juges français j'ai vu paraître des hommes dévorés de lèpre, privés de linge; et, comme les sauvages de l'Amérique, ne cachant leur nudité entière que par un lambeau de toile attaché autour de leurs reins exténués **; qu'il me soit permis enfin de verser l'opprobre sur un siècle où tout

Champ d'Asile, la maison de Clichy, et autres piperies libérales. 4e édition 1825.

** Il ne faut pas croire pour cela que les juges militaires soient durs et impitoyables : tous les jours, au contraire, ils gémissent de la cruauté des lois qu'ils sont forcés d'appliquer;

ment jusqu'à la sensibilité qui pleure et la compassion qui plaint; et puisse un jour la conscience publique, avertie si hautement, imposer silence aux échos perpétuels d'une philantropie aussi hypocrite que bavarde!

Encore quelques réflexions, et je laisse ce triste sujet; pour réparer les maux dont je me plains, une seule mesure suffi-

Les rapporteurs attachés aux conseils de guerre, et qui seuls ont droit d'inspection dans les prisons militaires, ont souvent adouci des rigueurs excessives déployées envers des prisonniers. Mais quels soins ces derniers peuvent-ils attendre de vieux gendarmes réformés ou de tambours protégés, illustres gouverneurs des prisons militaires? Dans ces mêmes prisons cependant se trouvent aussi quelquefois des lieutenans-généraux. (4e édition 1825.)

rait : abandonner aux chefs de corps*
la punition des fautes légères, et sou-

* N'est-il pas affligeant pour les chefs de corps de voir tous les jours les feuilles publiques remplies de condamnations infamantes prononcées contre leurs propres soldats ? une partie du déshonneur ne retombera-t-il pas à la longue sur eux ? Pourquoi chaque régiment n'aurait-il pas une sorte de conseil de famille présidé par son colonel ? Là des peines non infamantes, et appropriées au caractère particulier de chaque individu, seraient prononcées. Cette juridiction ne s'étendrait pas aux délits qui intéressent la sûreté des citoyens ; car, en pareille matière, les tribunaux seuls doivent prononcer. Au reste, le gouvernement du roi, à la touchante bonté duquel on ne saurait donner trop d'éloges, s'occupe d'une refonte des lois militaires ; et je sais qu'il emploie tous ses efforts pour concilier les vœux de l'humanité avec les règles d'une discipline bien entendue. On peut donc espérer amélioration complète. Heureux, mille fois heureux, si ces faibles observations en accélèrent le moment ! 1825. 4e édition.

Depuis la révolution de juillet, le nombre des condamna-

mettre à la justice ordinaire les véritables crimes.

La férocité n'est pas naturelle au peuple, et c'est fléau que dans ses désastres n'a pas toujours à se reprocher la guerre. Sortis victorieux de leurs forêts, nos ancêtres, même à prix d'argent, ont distribué partout la rémission des crimes. Ces braves tenaient à trop grand prix le sang de l'homme pour le verser ailleurs que dans d'intrépides combats. Mais à

tions militaires s'est encore considérablement accru : dans une seule division on en a compté plus de six cents dans une seule année.

Pour comble de malheur la Cour suprême vient de déclarer que le bénéfice des circonstances atténuantes n'était pas applicable aux soldats. (20 mars 1833.)

d'obscurs légistes passa plus tard le pouvoir de décerner, au nom des princes, la peine ou l'absolution. Bourgeois casaniers, ceux-ci n'avaient jamais senti leur cœur battre emporté par d'impétueux mouvemens; en présence de chaque faute, ils dressèrent donc l'échafaud. Mais comme dans le transport de la passion ou la violence du besoin, le coupable n'aperçoit plus les tourmens qui le menacent, chaque jour était marqué par des supplices. Leur spectacle même introduisit la férocité dans les mœurs : au lieu d'améliorer, la législation pervertit. Ensuite, pénétrant plus tard dans toutes les classes, l'éducation adoucit tous les cœurs : alors les mœurs reculèrent devant l'application des lois. Aussi, dans certaines contrées *, tant que l'équilibre ne sera pas rétabli, la peine, pour frapper trop fort, n'atteindra pas toujours jusqu'au crime condamné même dans sa dernière perversité.

Livres, sciences, académies, industrie commerciale, qu'est-ce? sinon les enseignes d'une civilisation plus ou moins brillante. Mais ce qui certifie la moralité et la bonté d'un peuple, ce sont la douceur dans les lois criminelles, et la paternité dans l'administration des peines. Aux Etats-Unis, les douleurs physiques sont remplacées par le remords habilement réveillé : là, encore, on isole les

* Entre autres l'Angleterre.

coupables pour les purifier : en France, entassés en commun *, ils sont complètement corrompus par une stupide et immorale égalité : c'est du châtiment qu'ils reçoivent leurs dernières instructions. Enfin, peuple civilisé, nous dépravons par la peine, tandis qu'en Amérique, une sensibilité bien entendue régénère le crime, et sait, à force de soins et tendresse, le convertir quelquefois en vertu la plus pure.

On me demandera sans doute de quel

** Avant la révolution, les condamnés étaient classés d'après la nature même de leurs délits; mais, par sa stupide égalité, la révolution, les mêlant tous, a démoralisé jusqu'aux bagnes. (4e édition 1825.)

Je me plais à reconnaître que sur ce point une heureuse tentative a été faite récemment. (20 mars 1833.)

droit j'insiste si haut pour la douceur que tant de *demi-purs*, condamnent et vitupèrent. Je répondrai : élevé dans l'étude des lois, j'ai appris à connaître ce que, pour la sûreté de tous, il en coûte à quelques-uns. La société en masse en profite; tant mieux pour elle. Quant à moi qui ai vu si souvent couler les larmes de l'innocence, je me suis précipité de son côté, parce que là, tout est à donner et rien à recevoir.

Il est, je l'avoue, certains cas extraordinaires où, pour la conservation de tous, le corps d'un coupable doit être livré à des supplices physiques. Mais en Europe, de l'exception nous avons fait le principe. Alors aussi des persécutions continuelles ont été inventées contre tout ce qui a été présumé coupable. On a disputé sur le vêtement et la nourriture; jusqu'à l'air, on a voulu que tout fût de mauvaise qualité *. Enfin, de condamnés, on a fait des bêtes féroces. Puis on les a lancées contre la société au signal donné. Déplorable contradiction! Par toutes les puissances de l'intelligence nous touchons aux dernières

* Depuis la restauration, de grandes améliorations ont eu lieu à cet égard. Les lettres de grâce qu'accorde le roi aux condamnés qui, par leur bonne conduite, prouvent leur repentir, ces lettres de grâce, donnant à tous l'espoir que leur sort peut être adouci, répandent dans les prisons une moralité nouvelle; mais il ne faut pas se dissimuler qu'il reste encore beaucoup à faire sous ces rapports (1825, 4e édition).

Depuis dix-huit mois d'heureuses modifications ont été apportées à notre système pénal; mais il exige encore un grand nombre de réformes. Ce qu'il importe avant tout, c'est

limites de l'esprit, tandis que croupissant par le cœur, nous nous perpétuons, à certains égards, barbares incorrigibles.

On comptera toujours en même temps, et de véritables coupables et des victimes de la justice humaine. Voulons-nous diminuer le nombre des uns et consoler l'infortune des autres ? dès l'enfance, remplissons le cœur de pureté, de courage et de grandeur : pour plus loin que la vie, munissons l'homme. Les erreurs de la justice peuvent tous nous atteindre. Tel se couche innocent qui se relève ac-

d'effacer l'opposition qui existe entre notre Code civil qui renferme tous les élémens du système républicain et notre Code pénal qui a surenchéri sur toutes les précautions inventées par les gouvernemens les plus absolus (20 mars 1833).

cusé, et bientôt après est proclamé éternel coupable : pour condamner, les hommes exigent peu. Heureusement que dans nos jours de troubles, le châtiment, lorsqu'il marche seul, ne déshonore plus. Au milieu de nos réactions successives, combien ont été enveloppés dans des peines qui n'étaient infamantes que pour ceux qui les prononçaient * ! Cependant,

* Pendant la révolution, une famille des environs de....... (Doubs), fut condamnée à des peines infamantes pour avoir reçu pendant une seule nuit son ancien curé, prêtre non assermenté, qui était venu lui demander asile en passant. Le fils aîné de cette famille, qui avait servi de guide pour reconduire le vénérable pasteur, est resté dans un bagne jusqu'au retour si désiré de notre roi. Je pourrais citer bien d'autres faits, mais je craindrais de réveiller des passions à peine assoupies (4e édition 1825).

pour avoir accompli leur devoir, ils ont subi tous les maux de la culpabilité : pour prix du plus sublime dévouement, le poids des fers a déchiré leurs membres. Obéissant à la morale éternelle, ils ont été frappés par la *légalité* du moment. Pour qui a vécu dans les affaires publiques, que d'actions commande la vertu politique et que punit la législation étroite des temps ordinaires ! Le pouvoir change de mains, alors les services les plus signalés dénoncent et accusent. Mais je prends pour coupable quiconque est irrévocablement condamné, et m'adressant aux sévères du siècle, je leur demande : Pourquoi craignez-vous votre propre cœur ? Les infortunés qu'indistinctement vous repoussez, eh bien ! à peine arrivés au lieu de leur exil, ils sont aussitôt accueillis, consolés, je dirais presque caressés dans leurs souffrances. Des femmes tendres et compâtissantes, qui ont rompu avec les plaisirs du monde, se confondent avec eux, et se mêlent à toutes leurs ignominies *. Nul ne les regarde et ne les encourage; elles sont venues parce qu'il y avait des douleurs à consoler. Hommes de bien jetés tout vivans dans l'opprobre, vous n'êtes pas encore abandonnés; ne désespérez pas de l'avenir, la justice ne vous manquera pas toujours : tardive, elle s'as-

* Les respectables sœurs de Saint-Vincent-de-Paule, à l'arrivée des condamnés, leur prodiguent des soins dont le récit seul arrache des larmes.

siera sur votre tombe pour sanctifier votre mémoire. En attendant, placez-vous sous l'œil de Dieu : devant lui vous êtes sans taches. Vous avez besoin de secours et de soutien, aimez-le de tout votre cœur et vous serez appuyés; offrez-lui en hommage l'épreuve qui vous est envoyée, elle en perdra son amertume; vous êtes morts pour le monde, mais vous pouvez être encore heureux: tenez-vous en la présence du seul juge qui connaît votre innocence; attachez-vous à lui par toutes les tendresses de l'ame, et vous goûterez cette douce joie de la religion qui donne à la tristesse et aux larmes leurs plaisirs et leurs délices. Brisés par la souffrance, réfugiez-vous un instant en vous, reposez-vous sur votre conscience; le malheur qui flétrit, c'est le malheur mérité. La vie est courte; si les maux que vous souffrez sont pleins d'aspérités, d'éternelles récompenses vous les paieront. Le monde vous fuit, mais les serviteurs de Dieu, qui ne craignent pas l'abjection de vos chaînes, accourent au milieu de vous. Missionnaires de la vérité *, ils viennent vous l'an-

* Les journaux royalistes ont parlé des effets miraculeux que de saints ecclésiastiques ont produits dans le bagne de Toulon, où, au milieu de tous les vices et de toutes les douleurs, ils ont répandu une touchante édification et une sainte allégresse. Vérité consolante : là où retentit la parole du vrai Dieu, naissent et croissent à l'instant pureté et bonheur. (1825, 4e édition.)

Il importe de remplacer les peines qui n'effrayent pas les condamnés par une moralité qui les purifie ; c'est où doivent tendre tous les efforts de l'administration ; les anglais

noncer, et les paroles leur tombent si tendres des lèvres, que les plus endurcis retrouvant leur cœur, pleurent et sanglotent de repentir. Enfin si des rigueurs inouïes, et quelquefois nécessaires, sont exercées, les prêtres du Christ les rendront désormais superflues, et, grâce à eux, l'innocence injustement tourmentée n'aura plus du moins à souffrir du contact du crime qui se glorifie dans sa persévérance.

nous ont devancés dans cette carrière. Un jeune écrivain, M. Ernest de Blosseville, a publié récemment un très bon ouvrage, intitulé : Sur les colonies pénales de l'Australie. Je ne saurais trop en recommander la lecture. (18 mars 1833.)

DE L'ORGUEIL.

12.

DE L'ORGUEIL.

L'ORGUEIL, de tous les vices le plus rare dans la capitale, en retour le plus répandu dans la province : différence tranchante ; d'où vient-elle ? L'orgueil tient à la naissance et au rang; or, on sait quelle guerre sanglante leur fit la révolution dont Paris a été le centre. Dans les murs de cette ville, la foule qui se presse n'est plus composée * que d'industriels ou d'employés. Les premiers, sor-

* Du moins en majeure partie, (4e édition 1825.)

tis de toutes les classes, ont commencé par vivre au jour le jour du gain dont les nourrissaient leurs sueurs; les seconds ne se sont élevés que par la souplesse d'un dévoûment sans bornes. La masse à Paris est donc étrangère à l'orgueil; il y a plus, elle en est ennemie. Ceux qui parmi nous ont prospéré grâce au travail, exècrent la naissance ou le rang qui distribue les avantages qu'ils ont été forcés de conquérir. Ils préfèrent par dessus tout les droits politiques; c'est à leur possession exclusive que s'attache l'activité de leur amour-propre : ils ont plus soif de commander que de mépriser. Dans la province, au contraire, les Français, jadis nés *grands* et expulsés de leur antique position, se passionnent pour la poussière qui leur en reste, et que d'ailleurs on leur dispute. Alors exaltés par leurs vieux souvenirs, ils maintiennent à distance quiconque tente de les approcher de trop près. Enfin, à une époque où la masse idolâtre l'égalité, ils l'insurgent par un orgueil dont les mœurs de nos pères auraient jadis fait justice. Mais ces martyrs de nos troubles arrivent-ils parmi nous, retiennent leur orgueil et s'en défendent comme d'un mauvais ton qui, fermant toutes les portes, empêche à Paris de réussir à rien.

Dans l'enfance on reçoit l'orgueil jour par jour : on nous l'infuse par les paroles, les actions, le regard, enfin par toutes les habitudes. Nous entrons dans le monde :

les avantages qui, à titre de tradition, nous avaient infligé l'orgueil, s'évanouissent et appellent même la mort. L'orgueil néanmoins se conserve indestructible. Semblable à ces membres qui, retranchés par le fer, n'en font pas moins souffrir à la place où jadis ils étaient.

Il faut beaucoup de tact et d'attention dans le monde si l'on veut jouir de son orgueil sans trop déplaire aux autres. Quelques hommes, dégoûtés de si grandes fatigues, quittent la société et rassemblent autour d'eux une populace prosternée à leurs pieds. C'est ainsi que, pour ne pas descendre de l'orgueil, ils ravalent leur existence jusqu'à l'abjection des plus misérables rapports.

L'orgueil ne se conserve dans toute son étendue que dans les contrées où le peuple vainqueur pratique, plein de fanatisme, un culte qui lui ordonne le mépris pour les vaincus ; mais à la plus légère attaque tout est compromis, parce que, à défaut de mélange entre les anciens et les nouveaux habitans, on ne peut réaliser cette unanimité d'efforts qui triomphe si aisément de toute irruption étrangère.

Il est difficile que, dans un pays où la naissance et le rang constituent des droits et des prérogatives, l'orgueil ne se montre pas quelquefois tyrannique. Mais ce même pays est-il organisé dans un système monarchique, le remède est à côté du mal. En effet, à prendre la vieille France pour exemple, dans son sein existait l'orgueil individuel, à côté aussi s'élevait celui des *compagnies* *. Et comme ce dernier était défendu par une masse compacte, il triomphait dans l'intérêt de la population. Ainsi protégé, si l'individu des dernières classes ne vivait pas en citoyen, du moins pouvait-il sentir quelquefois la dignité de l'homme.

En Angleterre, les grands conservent leur orgueil, les portes fermées; mais veulent-ils entrer dans la carrière immense qui leur est ouverte, il faut qu'ils se mêlent au peuple pour gagner à tout prix ses suffrages. En Allemagne, la culture

* Les Parlemens.

des sciences et des lettres assurant dans leurs succès populaires de nobles emplois, atténue l'orgueil qui ne crée rien. En Italie, les beaux arts et la vivacité des impressions rapprochent tous les rangs. Enfin l'orgueil ne s'épanche tout à l'aise qu'en Espagne ; mais aussi voyez à quelle distance de la civilisation cette contrée languit séparée !

L'orgueil n'est pas en général destiné à vivre long-temps chez les peuples européens. Il y a tant d'ardeur dans leur intelligence, que le talent, dans toutes les carrières, atteint plus haut que la naissance ou le rang, tandis que, avec le temps, les richesses acquises comblent toutes les distances.

Les hommes se courbent sous l'orgueil que décore le génie ou que la force défend. Mais il n'en est pas de même des femmes; leur susceptibilité qui est toujours si vive concède et ne pardonne rien dans ce genre et à défaut d'opinions politiques, c'est la seule puissance par laquelle à différentes époques elles ont toujours révolutionné le monde.

DE LA MORT.

DE LA MORT.

La mort : route où l'on marche sans s'apercevoir qu'on avance, et où l'on tombe avant de s'être préparé à la chute.

Le commun des hommes savoure la vie : l'élite profite de la mort.

Les doctes dissertent, la mort prouve : les uns disent que toute puissance finit; l'autre fait mieux : elle abat. On devient savant dans les bibliothèques, on demeure convaincu dans les tombeaux.

Trois espèces d'hommes diffèrent au suprême moment. Les hommes doués de vertus supérieures; ils ont si bien scruté la mort, qu'ils la reçoivent comme la feuille de route qui les mène droit à leur destination; les hommes à petits succès : ils se troublent et frisonnent; leur moule est brisé. Arrivent en foule les rebus de toutes les misères : ils palpent la mort comme l'heure de la délivrance et ils s'éteignent sans même aspirer à cet avenir de récompense qui les attend.

Il y a un serrement de cœur qui torture quelques secondes et dont nul de nous ne peut se défendre. Avant d'aller à la mort, nous y conduisons les autres. Nous entendons vibrer les cordes qui aident à descendre dans la tombe : le fond du sépulcre est atteint. Alors roule la première pelletée de terre; elle couvre la tête; d'autres suivent qui s'étendent sur le cœur et voilent les extrémités. L'œil est tendu... On cherche à prononcer un dernier adieu... La langue se glace; c'est commencer la mort que de quitter ainsi ceux qu'on aime.

Les hommes, pris en général, luttent contre la mort : c'est le dernier emploi de leur courage. Les femmes au contraire savent si bien se résigner, qu'elles se parent pour mourir avec plus de grâce.

Les enfans ne conçoivent guère la mort, seulement ils expirent quelquefois avant d'avoir vécu complètement.

Sur un champ de bataille, il n'y a guère place à cette énergique intrépidité qui dompte la mort. La discipline commande; le pied tient ferme; on court trop de risques à fuir. Entendez le canon qui gronde, la poudre qui enflamme; voyez les récompenses et l'avancement qui précipitent les masses. Il faut vaincre ou mourir; la voix des chefs retentit : on marche. Enfin, on est au milieu du péril comme un somnambule sur les toits : que les yeux s'ouvrent et l'on tombe.

Paris est le centre des lumières, des

secours et des connaissances : là, on sait mieux qu'ailleurs les secrets qui prolongent la vie ; et cependant la mort s'y montre si envahissante, qu'elle fait monter plus haut six pieds de terre * que le domaine qui, en province, alimente la famille.

L'indifférence, quand elle tient au caractère, efface l'horreur de la mort : elle écarte tous les souvenirs, et dans ce genre, quand on ne se rappelle plus, on n'est pas à plaindre.

Nous avons beau parer la mort d'insignes; comme les voyageurs qui parcou-

* Cimetière de l'Est.

rent la terre et reviennent au même point, nous tournons pour arriver toujours au néant.

D'une saison à l'autre, les épitaphes ne peuvent plus se lire : on les déchiffre avec peine ; la mousse couvre les lettres, alors on grave les monumens et ils passent dans les livres jusqu'au jour où toutes les littératures tomberont dans le même abîme ; ici-bas le génie ne vit que de provisoire ; nous ne logeons la mort qu'en passant.

Les tombeaux dans la capitale sont le dernier effort de la vanité bourgeoise. En vain, elle élève des pyramides ou incruste des lettres dans le marbre. Il y a un tel contraste entre l'homme et le monument, qu'on passe outre, irrité de cette dernière insolence de la fortune.

Quand la mort frappe tout à coup un de nos plus tendres amis, elle teint pour long-temps notre imagination de tristesse; alors on est navré de douleur; on se noie dans les regrets. Mais les devoirs, les affections, les affaires et jusqu'aux plaisirs se glissent insensiblement entre nous et l'objet que nous pleurons. Enfin, nous rentrons dans la vie ordinaire; seulement nous nous recueillons encore quelquefois dans les détails d'une perte qui désormais repose le cœur au lieu de le déchirer. Bref, le temps purge la mort de son amertume.

Tout ce qu'il y a de touchant dans la mort a été décrit avec éloquence ; c'est une œuvre qui est accomplie depuis longues années ; reste à étudier la mort dans ce qu'elle a d'instructif; mais des yeux qui se troublent regardent mal.

DU

CARACTÈRE.

DU CARACTÈRE.

Le caractère : produit net de chaque individu, point unique où se centralise sa puissance.

La société créée, chacun, du caractère, reçoit sa valeur : suivant donc que celui-ci est plus ou moins en rapport avec les circonstances au milieu desquelles il doit se développer, ce que le monde appelle *destinée* s'étend, se rétrécit, a de l'éclat, ou périt inconnu; d'où résulte que si la fortune pousse quelquefois les hommes, c'est le caractère qui, en définitive, les place.

Le caractère ne fait pas sans cesse arriver à tout : il lui est difficile de franchir tous les jours certaines distances; mais, pour attendre, son pouvoir ne s'en conserve pas moins. Doué d'élévation, le caractère, jusque dans les dernières classes, impose l'obéissance, et royauté individuelle, subjugue tout ce qui l'approche.

Qui veut vaincre un homme ne doit pas s'enquérir s'il est riche ou pauvre : vulgaire information. Etudiez l'ennemi dans son caractère : là, scrutez-le tous les jours, et sa défaite est à vous, l'instant même que vous saisissez l'endroit où la force lui manque.

Est-il juste, l'esprit est entraîné par une logique si imperturbable que, pour atteindre la vérité, il manque le profit que donnent les intérêts présens qui raisonnent faux. L'homme, au contraire, flexible par caractère, s'identifie à toutes les chances de succès, quelle que soit leur nature. Et voilà pourquoi, dans bien des circonstances, certaines gens, à l'estime près, se tirent de tout même avec gain.

Quelques-uns reçoivent subitement une puissance sans bornes : d'où leur vient-elle ? du caractère passager que leur prête une passion arrivée au plus haut degré d'exaltation. Des hommes long-temps calmes s'enflamment d'amour ou de gloire : pour la première fois remuant leurs forces, ils les trouvent d'autant plus énergiques, qu'ils ont laissé s'amasser ce que tant d'autres éparpillent tous les jours.

Avant la révolution, les hommes de la bonne compagnie en France possédaient la fleur de l'urbanité la plus exquise; aussi cachaient-ils avec soin leur caractère individuel : le type de la perfection était découvert, sur lui seul on se modelait. Etre remarqué parmi les élus de la bonne compagnie était estimé plus haut que le pouvoir et la dignité : c'était sentir la considération personnelle dans ce qu'elle avait de plus ravissant. La révolution éclata alors ; chacun, soit pour se défendre, soit pour attaquer, fut contraint d'user de toutes les ressources de son caractère : il se montra sans réserve. Mais au lieu d'améliorer, la révolution détruisit : un instant même elle précipita dans la barbarie le peuple le plus policé du monde; heureusement qu'il s'en releva, et qu'ainsi la civilisation fut sauvée parmi nous. Ceux qui avaient vécu dans les manières de l'ancienne société avaient trop souffert du changement pour ne pas en aimer davantage la vieille urbanité française. D'un autre côté, les partisans des doctrines nouvelles qui ne pouvaient s'empêcher de rougir des excès de la révolution, s'écartèrent avec soin du caractère sauvage qu'elle avait un instant infligé à la France. Par des chemins différens, on retourna donc au même point : à l'uniformité de caractère. Ce n'est pas tout, la révolution, par son déplorable système d'administration, avait semé d'innombrables employés en même temps que ses lois d'égalité, nivelant toutes les fortunes, nous condamnaient en masse à vivre d'un travail quotidien. Les Français, enrôlés par leur misère dans les emplois, s'abaissèrent si souvent devant les caprices du pouvoir, qu'ils cessèrent d'être membres d'une société pour ne plus être que soldats d'administration. D'autre part, le reste de la population civile, qui languissait au sein des travaux mercenaires, s'abrutit bientôt sous leur dépendance obligée. L'*Empire*, héritier de la révolution, en déclarant guerre à mort à la pensée, compléta la servitude démocratique déjà commencée. Fort de ses légions, de sa police, de ses cachots, de ses commissions meurtrières et de son administration inquisitoriale, il enchaîna les Français jusque dans la liberté de leur mordant langage. A moins que ce ne fût pour louer le maître tout haut, nul n'osa plus parler; enfin la nation entière se groupa comme dans un seul caractère : l'adulateur qui tremble. Dieu eut pitié de notre abjection; et, après nous l'avoir fait attendre, nous accorda la restauration. Respirant à l'aise, chacun rentra dans son caractère et le laissa se divulguer. En France, on ne passe pas d'un excès à l'autre : c'est trop long, on y saute. Il était bon sans doute de rompre avec les fers de l'empire; mais, pour que l'expression du caractère individuel fût utile, il fallait en régler le mouvement : une transition était à ménager; un autre système fut suivi. Des serfs échappés de l'empire, et parvenus à la tête des affaires, firent appel à tous les genres d'indépendance. Aussitôt, chacun de nous se mettant en scène pour moins ressembler à autrui, effraya par une audace de pensées et d'écrits d'autant plus redoutable qu'elle était factice. Jusqu'aux écoliers, tous singèrent la singularité. Enfin, doctrines, sentimens, croyances, rien ne fut plus respecté. Par une conséquence inévitable, des entraves furent mises à la publication de la pensée *, du moins dans ce qu'elle a de plus rapide. Ces entraves tombèrent ; mais les Français, toujours exclusifs, avaient déjà oublié l'originalité de caractère et l'indépendance qu'ils avaient empruntée pour s'attacher à l'industrie dans ce qu'elle a de plus hasardeux. Bientôt ils l'aimèrent comme une nouvelle déité à servir : celle-ci grandit du culte qui lui était rendu. Qu'en est-il résulté ? qu'au moyen du luxe elle a jeté tant de besoins; au moyen des spéculations, tant de tentations, qu'aujourd'hui nous ne sommes plus qu'une na-

* 1820.

tion de bourse. De la capitale, la hausse et la baisse ont passé dans les provinces. La fièvre est universelle, et quand le même symptôme est partout, l'individualité n'est nulle part : il n'y a donc dans ce moment* qu'un seul caractère en France : le joueur qui, pour s'enrichir, médite la ruine de tous.

Le commandement des camps, appuyé sur la force, donne une volonté rapide, mais qui, abandonnée aux ressources du caractère seul, s'évanouit sur-le-champ. Les hommes d'état, au contraire, forcés de compter toujours sur eux, se décident vite et à propos. Pour imposer un joug

* 1e édition 1825.

de fer aux peuples, il faut, dans les camps, contracter la volonté du coup de main, et dans les affaires, la volonté de l'esprit. Cette fusion a-t-elle lieu, rien ne résiste plus : Cromwell en est la preuve.

Dans l'antiquité, le caractère de chaque citoyen tranchait par des qualités qui lui étaient entièrement personnelles. Destiné à lutter sur la place publique, et condamné à toujours vaincre l'ennemi pour échapper à l'esclavage, le citoyen d'alors, loin d'imiter, ne cherchait qu'à surpasser. Plaire était inutile; avant tout, il fallait être redoutable. Pour arriver à ce but, on développait donc sans cesse sa puissance individuelle. De notre temps, où l'originalité de caractère se montre-t-elle? en Angleterre, parce que là, une fortune hautement indépendante, ou le libre exercice de toutes les facultés intellectuelles, enlèvent à l'inquiétude des besoins de la vie. Si la révolution n'avait pas pillé les grands en France, nous les aurions trouvés, pour des siècles, aptes à défendre notre liberté. Nous les verrions laissant éclater ce caractère distinctif et cette piquante originalité qui, dans les affaires publiques, décident si souvent du succès. En effet, parvenu à leur tête, il faut être plus et autrement qu'elles pour entraîner les masses.

A certaine époque, au lieu de la force règne la douceur, de l'amitié la politesse, de l'exaltation une méthodique raison.

Les hommes plaisent sans attacher, et persuadent sans entraîner. Le caractère, dans toutes les circonstances, est constamment égal et aimable : c'est l'âge mur de la société; il conserve, mais n'édifie pas. Pour fonder, il faut un caractère où l'élan, la vigueur et les contrastes abondent. L'élan précipite, la vigueur soutient dans la lutte, et de chaque contraste sort un genre particulier de puissance. Sans doute la vie privée en est moins heureuse; mais ne faut-il pas rompre avec elle pour laisser trace dans les âges : qui se décide à conduire les hommes n'a plus de famille.

Les grands caractères apparaissent éloignés les uns des autres; et cela doit être, puisqu'ils exercent toujours un genre de commandement dans les cités qui les ont vus naître. Déjà on ne sait plus où retrouver la poussière des uns, que la mémoire des autres est encore toute vivante. Chaque continent porte d'immenses empires ; les créer est l'occupation du temps qui se délasse. Veut-il produire un grand caractère, il se recueille pendant des siècles entiers. Pour le vulgaire des peuples et des princes, victoires, puissance, titres de domination : viager historique plus ou moins étendu. L'éternité des souvenirs, espace où, en se pressant, tiennent cinq ou six renommées. Alexandre, César et Charlemagne, moitié de la gloire humaine ; mais quels caractères ! Aussi quelle distance les sépare ! de quels mouvemens n'ont-ils pas agité les hommes ! Puis osez demander à un seul âge d'enfanter pareille masse d'immortalité !

DE L'HOMME.

DE L'HOMME.

Avant de m'occuper de l'homme au XIXe siècle, qu'il me soit permis d'offrir quelques aperçus sur l'homme tel que je le conçois, au commencement des siècles. Ce n'est qu'après avoir long-temps réfléchi sur le présent, que j'ose remonter aux premières heures qu'ait sonnées le temps. D'abord l'homme n'a jamais vieilli seul, parce qu'il ne possède en lui que la moitié de son existence, un autre être en constitue l'ensemble : la femme. De leur fusion est sorti, non pas un homme de plus, mais bien la société tout entière. Fidèle à son origine, celle-ci s'est d'autant mieux améliorée, que tout entre l'homme et la femme a été également réparti ; et que l'intimité entre eux a été aussi tendre que complète. On m'oppose le sauvage qu'on a rencontré isolé dans les bois, et l'on soutient qu'en lui est le type véritable, puisqu'aucun contact n'a encore pu l'altérer. Je réponds : il y a ici méprise, vous prenez pour l'homme, à son plus haut degré, celui qui par accident, a perdu tout degré dans l'humanité ; vous saluez comme l'homme modèle, celui qui ne saura jamais se perpétuer, parce qu'il est sorti de l'espèce à laquelle il appartient.

Qu'importe si dans un coin obscur du globe quelques peuplades rampent abruties : vous les avez observées avec soin, alors c'est qu'il y a entr'elles commencement de société. Eh bien, ses peuplades ne sont qu'en retard de l'avenir dont nous jouissons; maintenant que nous touchons à la vérité, forçons de voiles : à quels signes se décèle l'homme véritable, c'est-à-dire celui qui a commencé l'ère de la civilisation ?

Il est doué de la parole, non-seulement parce qu'il possède des idées ; mais parce qu'il doit les communiquer à d'autres, chargés de les transmettre à des successeurs qui, un jour, en les étendant, les rendront parfaites. Il est encore doué de la parole, parce qu'il faut qu'il enseigne à ses enfans les devoirs que lui-même a pratiqués. En effet, il ne pense que pour agir avec discernement et continuer les rapports qu'il a découverts ou mis en action. Aussi, aime-t-il ses enfans d'une tendresse qui n'a jamais d'intervalle; ne s'attachant pas à eux comme à l'œuvre d'un plaisir délicieux, mais bien plutôt comme à sa pensée, qu'il a su rendre vivante. L'homme, pris à son origine, a donc des idées qu'il répand, des devoirs qu'il enseigne; il se complaît, en outre, dans certaines affections. L'homme possède la mémoire, parce que sans elle il retomberait chaque jour dans les périls auxquels il est échappé une première fois; et parce que sans elle il ne parviendrait jamais à régler cette vivacité des sens qui chez lui s'émeut si rapidement. D'un autre côté, l'homme n'est pas appelé qu'à des plaisirs ; il souffre dans ses idées, ses affections et ses sens : alors, par l'imagination, il échappe aux douleurs qui le persécutent, et s'entoure d'illusions, qui quelquefois l'accompagnent jusqu'à son dernier moment. L'homme est en outre doué de la raison, qui n'est que l'application, faite à propos, de toutes les qualités qui lui sont particulières, et qui ont pour rendez-vous commun l'âme, d'où partent les décisions qui constituent sa grandeur, sa force et sa liberté. Enfin, l'homme est religieux, parce qu'il marche en avant des années qui lui sont mesurées ; sur ce point, triomphant de son imagination, il écarte les formes matérielles sous lesquelles Dieu n'est que trop souvent caché, et s'élevant jusqu'à lui, satisfait cette soif de tendresse, de reconnaissance et d'infini, qui le tourmente sans cesse.

Tel a été l'homme primitif : examinons la progéniture qu'il a enfantée; en se multipliant, elle se divise : où il n'y avait d'origine qu'une demeure, s'élève bientôt un état. Ses limites s'étendent-elles au loin, les rapports de la parenté première disparaissent, pour être remplacés par les rapports de la société. A cette époque où le sang est encore si près de sa source, ceux-là seuls, cependant, qui en ont conservé la trace, se rapprochent entr'eux par le cœur; envers tous les autres ils ne sympathisent que par l'intérêt. Mais par cela même que les hommes ne forment plus une famille unique, il faut que le commandement naisse; autrement, il y aurait désordre universel. A l'aurore de la société, l'homme habile et l'homme fort se détachent des masses pour se réunir à ceux qui plus ou moins leur ressemblent. Un instant le triomphe passe de leur côte. Néanmoins, dans ces jours de vieille date, l'instabilité est partout, parce qu'on sent plus vite qu'on ne pense : les revers suivent rapidement les victoires*. L'homme habile et l'homme fort, en dépit des associés qu'ils ont su gagner,

* Voir le chapitre sur le Pouvoir, tome 2e.

sont vaincus à leur tour. Alors une première trève est proclamée, mais elle tourne en définitive au profit de la force et de l'habileté, et le pouvoir naît pour quelques-uns, tandis que l'obéissance est constituée contre tous les autres. Les rangs sont découverts pour la première fois, et au lieu d'un homme, il y a des hommes : unis plus intimement, les rapports se multiplient entr'eux. Il faut les régler. Le pouvoir proclame des lois, et la justice est reconnue. A cette époque elle est remplie d'imperfections, cependant en régularisant certains rapports, elle les féconde, et en fait jaillir des devoirs, qui, jusque-là, avaient été inconnus. Nous entrons dans le second âge de la société; par une conséquence inévitable, il offre une telle masse de rapports, de devoirs et même d'intérêts nouvellement nés, qu'ils envahissent et dépouillent le cœur de quelques-uns de ses sentimens; d'un autre côté, ceux-ci devenus moins nombreux, semblent croître en force et en énergie. Sans doute il y a dans leur premier mouvement certaine violence d'abord dangereuse, mais dont triomphent, tôt ou tard, la générosité et la délicatesse; après tout, c'est pour les hommes le plus beau moment de leur grandeur individuelle; aussi entassent-ils conquêtes sur conquêtes. Pour la première fois aussi il y a durée; tantôt des dignités passagères assurent un pouvoir sans bornes, et stimulent toute une population; tantôt des dynasties, d'abord imperceptibles, s'élèvent et s'affermissent dans les mêmes familles. Celles-ci, pour concentrer en elles la force et l'éclat, enracinent dans leur sort l'élite des contemporains. De ce foyer sortent des idées qui, pénétrant de proche en proche, font germer au sein d'une multitude longtemps confuse, des classes nouvelles : elles percent, grandissent et enfantent tout à coup des citoyens, qui, avec les années, réclament et obtiennent leur part dans la direction des intérêts généraux; tel est le troisième âge de la société. Mais il ne fait que d'apparaître, d'immenses progrès l'attendent : ils ont lieu, et la civilisation se développe entièrement. Alors les liaisons sont si multipliées, les rapprochemens si journaliers, la fréquentation des deux sexes si continuelle, que des idées, des intérêts et des besoins sans limites s'emparent de tous les citoyens; comment les satisfaire? D'un côté, ils partent d'une imagination toujours en mouvement; de l'autre, ils ont à assouvir les caprices du luxe, dont les exigences sont aussi étendues que mobiles. Ce n'est pas tout, les sciences exactes inventent si souvent, qu'à la pensée du citoyen raisonnant ses forces, elles substituent la force matérielle de certains agens qu'elles parviennent à diriger : alors il y a un espace pour ainsi dire incommensurable entre le besoin et le désir du citoyen, et ce que peuvent désormais réaliser sa puissance et son activité. Pour combler cet abîme, il ne fait que trop souvent abnégation de tous ses sentimens, et tombe à ce point de dégradation de vendre quelquefois sa personne et sa liberté pour jouir de certains plaisirs. Ainsi, au sein de la plus extrême civilisation, il peut arriver que les descendans de l'homme primitif aient moins de dignité que lui ; car c'est le cœur qui la donne, et le cœur dans maintes occasions leur manque. Cependant je n'ai avoué qu'à demi les maux que couvre la civilisation ; j'ai encore à être sincère.

Eh bien! à cette époque, la perspicacité devient si grande et si subtile, que chacun découvre une multitude de nuances dont naguère on ne pouvait avoir le pressentiment. Au lieu de sentir, on préfère examiner; mais c'est en courant. La légèreté juge, et pour recueillir des applaudissemens, elle appelle à son secours la raillerie. Croyances religieuses, institutions politiques, affections de famille, tout est ébranlé, et à la certitude la plus vénérable, succède une fragile mode. Si je n'ai pas dissimulé les désastres inhérens à la civilisation, c'est que j'ai sondé ses ressources : oui, elle peut toujours se sauver elle-même. N'hésitons pas, comme nous l'avons déjà fait, à retremper notre cœur : concentrons-nous dans les rapports si ravissans de la famille, pour échapper à ce qu'il y a de dissolvant dans notre époque. Soyons pleins de foi; mais de cette foi haute et désintéressée, qui ne croit qu'à ce qui ne rapporte pas. Nos devoirs sont-ils en présence de nos intérêts, courons si vite aux uns, que nous en oublions les autres. Qui se montre ainsi, appelle tous les genres d'attaques; je ne dirai pas : c'est la gloire de les provoquer; seulement notre office, c'est de les attendre. Ainsi, opposons à la raillerie, la raison; à des habitudes brillantes, mais dépravées, opposons les jouissances d'un cœur calme et pur. Au sein de la civilisation, nous ne sommes que des passagers qui entament le trajet qui doit nous mener au véritable but. Nous sommes plus que citoyens d'une ville ou d'un royaume, nous sommes sujets de la cité de Dieu, et, de nos premiers pas bien dirigés, nous faisons déjà route ici-bas vers l'éternité. A cette magnifique possession, sacrifions sans pitié les vices de la civilisation, et comme, malgré ses imperfections, elle renferme d'incalculables avantages, fertilisons sa vieillesse en lui infusant cette verdeur de conscience qui tôt ou tard la ravivera.

Ce qui rend la vie rapide, ce sont les devoirs et les affections. L'homme qui aime ne s'ennuie jamais, parce qu'il s'occupe sans cesse du bonheur des autres; l'homme qui se dévoue à de grands devoirs ne s'ennuie jamais non plus, parce qu'il peut à peine les remplir. L'homme d'esprit, au contraire, n'est content de lui que lorsque dans le choc des intérêts, des passions, des sentimens ou des ridicules, il fait quelques découvertes nouvelles. Mais dans ce genre il n'est pas occupé toujours; il est donc tout simple que le temps lui pèse souvent.

Entre les passions et les vices de l'homme, se glissent ses habitudes. Sans doute elles ne le sauvent pas toujours, mais formant du moins une sorte d'équilibre, elles lui esquivent quelquefois les chutes les plus violentes.

Celui-là ne touche tout au plus qu'à la moitié de sa grandeur, qui sait le mieux se faire obéir des autres; il faut de plus qu'il les captive, c'est-à-dire qu'au profit de toutes leurs qualités, il se dépouille quelquefois de ce qu'il y a de mauvais dans les siennes.

La physionomie est pour l'homme ce que la beauté est pour la femme ; suivant qu'elle plaît, elle entraîne les sages de son côté, en attendant la preuve.

Les sens de l'homme ont moins d'impétuosité que jadis ; ils ne veulent plus sur-le-champ ; mais en retour, ils veulent plus souvent et surtout plus long-temps. La volupté chez nos pères n'a été à certaine époque que l'occupation d'un âge ; aujourd'hui elle est la compagne de tous les âges. Cette différence tient à ce que les sens autrefois ne sortaient pas des limites qui leur sont propres, tandis qu'aujourd'hui ils se sont agrandis de tout l'espace que parcourt l'imagination, qui en définitive, est restée leur souveraine.

Est-elle remplie de délicatesse, elle intervient au milieu des rapports des deux sexes, et au lieu d'un rapprochement fortuit, elle crée un véritable sentiment. L'imagination, au contraire, est-elle souillée de bonne heure, dégrade les habitudes qu'elle impose, jusqu'au jour qui termine notre vie. Malheureusement tout, depuis longues années, a été matérialisé, du moins par intervalle : pardonnons donc à la vieillesse, si quelquefois parmi nous elle se montre si honteuse.

Qu'est-ce que l'homme de nos jours? Une créature qui tantôt se plonge altérée dans l'infini, tantôt en sort pour sentir l'émotion de plaisirs passagers, et puis qui, poussée par l'audace de sa pensée, porte défi à l'éternité sans pouvoir diriger toujours le présent. Et pourquoi? C'est qu'au point où elle est parvenue, la société a trop multiplié contre l'homme les jouissances qui l'épuisent et les intérêts qui l'entraînent. Et cependant jamais l'homme n'a voulu tant obtenir qu'aujourd'hui. Il a soif de tous les droits; tandis que de sa personne il recule devant tous les obstacles qui menacent de le faire souffrir dans ses sens. En résumé, vivant privé d'action, c'est dans sa pensée qu'existe son indépendance. De l'extrême liberté il est donc rapidement précipité sous le joug; mais c'est pour se relever bientôt dans son attitude première. Ce que l'homme a perdu en résolution physique, il le retrouve ailleurs. En effet, il se concerte désormais d'un bout du monde à l'autre, au moyen de certaines doctrines fortement arrêtées. Celles-ci qui délibèrent sur les devoirs de tous, s'établissent souveraines du pouvoir lui-même, puisqu'elles décident dans quels cas l'obéissance lui est due. Ainsi l'homme de nos jours ayant perdu l'élan de la force, a compris qu'il devait exiger que le pouvoir s'appuyât exclusivement sur la raison. De son côté la raison cède tantôt à la justesse d'un aperçu nouveau, tantôt à la fausseté d'un argument subtilement présenté, de telle sorte, qu'aux invasions impétueuses de la force, ont succédé les mobiles exigences de la raison. Les princes, chefs de la société, n'avaient jadis à redouter que l'inconstance des armes; maintenant il faut qu'ils se coalisent contre des *idées* qui leur échappent sans cesse. En d'autres termes, l'homme en changeant la nature de ses ressources, les a multipliées, du moins, relativement au pouvoir. Il est vrai que celui-ci peut disposer d'une force matérielle qui s'est accrue en proportion de ce que le citoyen s'est affaibli comme individu; en outre il réunit encore diverses influences morales dont il peut user. Dans un pareil état de choses, on doit verser encore soit d'un côté, soit d'un autre; néanmoins avec le temps la véritable mesure sera rencontrée. En attendant, ce qui me frappe le plus dans l'homme actuel, c'est la haute idée qu'il a conçue de lui comme citoyen, et l'état de faiblesse où il est tombé comme individu.

Dans bien des circonstances l'homme étant désarmé ne peut secourir l'homme qui souffre ; mais un regard jeté à la hâte, un soupir à demi étouffé font éclater le cœur, et dans ce genre l'adversité sait saisir au passage tout ce qui la plaint.

La pitié empêche l'homme d'être cruel ou du moins long-temps cruel ; c'est une qualité dont après tout il se trouve encore mieux que les autres. Mais il en est une qui tourne au profit de tous, et que j'appelle la charité ; sorte de tendresse perpétuelle qui, partant du cœur, passionne chaque devoir. Aussi la charité est plus que la vertu de l'homme : c'est le salut de de tous les hommes.

Où courent ces jeunes gens ? ils ne le savent pas ; mais ils respirent avec tant de peine, dans le temps présent, qu'en dépit des périls, ils veulent faire pousser en toute hâte l'avenir. Jadis, ils n'auraient eu soif que de jouissances passagères ; maintenant ils sont desséchés par toutes les ardeurs d'une précoce ambition : ce n'est pas assez pour eux de se commander, ils aspirent surtout à faire plier les autres sous leur obéissance. Sans doute ils apportent dans cette périlleuse entreprise de grandes qualités ; mais ils cèdent aussi aux passions et aux vices de leur âge. Néanmoins il arrive des jours, où, souverains passagers, ils décident de tout en dernier ressort : alors, ils donnent à la société toutes les violentes incertitudes de leur position.

Il peut arriver une époque où l'homme a tant de droits, qu'il cesse de ressentir de la crainte : c'est quand la législation est pleine de douceur et de tendresse ; à bien dire, on touche alors au plus beau moment de la civilisation ; mais on aurait tort de croire que l'ordre manque quand la crainte disparaît dans la société : ce serait calomnier Dieu. La place qu'occupait dans la mémoire de l'homme la crainte du supplice, est remplacée par une autre que lui tient en réserve son âme, toutes les fois qu'il a failli. Alors, l'homme se relève, si déchiré de remords ; est persécuté si long-temps par tous les souvenirs d'une mémoire sans sommeil, qu'il n'a pas de récidive : c'est ainsi qu'à défaut de châtiment corporel, il est flagellé par cette crainte noble et salutaire, que j'appelle le fouet de la conscience.

L'homme est en proie à des douleurs physiques; il souffre les injustices de ses semblables, il ressent encore les maux de ceux qu'il aime; où est la compensation? Le bien qu'il fait à d'autres. De cette manière il est plus que consolé, il est heureux.

Il faut sans doute beaucoup d'esprit et de discernement pour conduire l'homme de la civilisation; mais c'est de bien plus qu'il s'agit lorsqu'il faut replacer cette dernière sur sa base. Quel pays a jamais eu plus d'esprit que la France qui vivait en 1789? Quel pays au début d'une révolution a fait briller plus de vertus? Mais une fatale erreur le perdit à son aurore. La législation osa toucher à la croyance religieuse, et la proscription commença par ceux qu'elle n'aurait jamais dû atteindre : trois années ne s'écoulent pas que tous les temples sont fermés. Maintenant comptez avec moi, si vous le pouvez, et le nombre des bourreaux et l'étendue des prisons; les uns tuent toujours, les autres sont toujours pleines. La croyance religieuse va donc être détruite; détrompez-vous : elle est dans le cœur de ceux qui souffrent, dans le cœur des masses, elle est générale, et l'on meurt avec joie parce qu'on a pu jouir de tous les ravissemens que prodigue la croyance religieuse. On se rassasie de son malheur. Mais attendez : les bourreaux eux-mêmes s'arrêtent..... La vapeur du sang qui les enivrait, vient enfin à se dissiper : aussitôt ils pleurent et demandent des consolations contre le passé. Elles leur arrivent, la croyance religieuse inspire la pitié aux bourreaux, comme aux victimes, et ils se rencontrent au pied des autels. Ainsi, après le règne de l'athéisme et de la terreur, c'est là que se trouve pour tous le commun rendez-vous.

L'homme qui est doué d'immenses talents manque en général de modestie, et c'est tant mieux, car s'il pouvait séduire après s'être fait admirer, son influence serait trop grande pour n'être pas bientôt pernicieuse.

Que de contrastes, ou pour mieux dire que de forces différentes, n'offre pas l'homme! Il a des passions pleines d'entraînement; et des devoirs qui l'enchaînent envers lui et envers les autres. Par ses intérêts, il n'aspire qu'à l'ordre, tandis que ses sens ne le poussent qu'à jouir. Doué de raison, il calcule et apprécie, puis survient son imagination qui le précipite dans des désirs sans fin. A part ce qu'il est en lui-même, l'homme subit des modifications continuelles; il est non-seulement de tous les temps, mais surtout de son temps.

Ainsi, pour bien le connaître, il faut l'étudier d'abord comme créature abstraite, ensuite comme créature appartenant à telle ou telle époque. Ceci explique les diverses manières dont on peut s'occuper de son sort ici-bas. Le philosophe religieux lui apprend à être bon pour tous les instans; le législateur a obéir pour n'être pas puni. Le politique ne considère l'homme que dans les rapports qu'il doit avoir avec les hommes formant d'autres peuples : c'est là qu'il vise à le rendre puissant. En définitive, le philosophe religieux qui déchiffre l'homme des siècles est trompé quelquefois par l'homme d'un jour : le législateur qui promulgue des lois peut tellement se fourvoyer, qu'elles expirent sur-le-champ, parce qu'elles ne s'appliquent pas à l'homme présent. Le politique de son côté, appauvrit souvent l'influence du peuple qu'il gouverne au lieu de l'étendre. Bref, l'homme s'ignore trop lui-même, pour ne pas quelquefois ignorer l'homme de son époque.

Qu'est-ce que l'homme qui prête au ridicule? Celui qui ne sait pas prendre parti entre ce qu'il veut et ce que demande l'usage. De là, naît une contradiction qui provoque le rire parce que dans ce cas l'homme se divulgue d'autant mieux qu'il aspire d'autant plus à se cacher.

Entre l'homme public d'autrefois et l'homme public de nos jours, se montre une différence que la justice me contraint de signaler. Nos pères aimaient le plaisir,* non pas comme une sensation qui ne devait que remplir la jeunesse; mais comme une habitude qui, en changeant de forme, devait se mêler plus ou moins à toute leur vie. D'un autre côté, ils voulaient que les jouissances du plaisir fussent ensevelies dans leur intérieur. A quelques exceptions près, ils ont toujonrs montré la plus grande susceptibilité dans tout ce qui se rapporte à leur manière d'être personnelle : à cet égard, ils ne pardonnaient pas la plus légère révélation. Depuis l'ère du gouvernement représentatif, une révolution a eu lieu : la vie de l'homme pu-

* Je fais allusion ici à une époque qui n'est pas éloignée.

blic, en France, s'est passée tout en dehors; ses sens, ou les erreurs de son esprit, ne l'entraînent pas dans le plus léger écart, sans que la foule ne prenne aussitôt date. En outre, l'homme public est-il mêlé aux grandes affaires de la société, doit se faire entendre à la tribune; alors il est bien rare que les actions et les paroles qui ont ébauché sa fortune, soient d'accord avec les actions et les paroles qui doivent la porter au plus haut degré. Aussitôt on en profite pour le faire condamner par sa propre bouche. En réalité, avec des mœurs plus sévères que celles de nos pères, avec des doctrines plus hautes et surtout plus arrêtées que celles qu'ils ont soutenues, nous paraîtrons d'abord bien au-dessous d'eux. C'est que l'histoire ne les peignait qu'aux jours des grandes représentations; c'est-à-dire, quand ils étaient bien sûrs de leur rôle; maintenant elle ne vise à saisir l'homme public que quand il chancelle; c'est dans ses chutes surtout qu'elle excelle à le buriner. Néanmoins, il y aura justice pour le temps présent, et la mémoire de l'homme public au XIXe siècle parviendra à la suprématie qui lui appartient, lorsque les âges en se succédant formeront perspective pour elle.

Si tout homme n'avait qu'une idée fixe ou un sentinent unique, nul gouvernement ne serait possible. Mais le pouvoir, par l'intérêt quil offre, rallie toujours certaines masses autour de lui, tandis que la mobilité de l'homme abandonné à lui-même est telle que ce n'est que par hasard qu'il est d'accord avec lui-même.

La raison d'un homme voit quelquefois plus juste que la raison de tous les autres hommes. Cependant si cette même raison individuelle persiste, elle ne pourra rien, parce qu'elle sera seule. Alors elle se modifie, et prenant l'allure des circonstances, les redresse, faute de pouvoir les refaire.

Jusqu'ici deux causes principales ont, à travers les siècles, atteint l'homme, pour le diriger à leur gré : la croyance religieuse et la crainte. L'une est toujours volontaire, l'autre est souvent inévitable. La croyance religieuse s'identifiant à tous les sentimens de l'homme, l'élève à une hauteur si prodigieuse, qu'il n'en aperçoit plus aucun péril; elle lui donne, en outre, toutes les qualités qui tendent à la perfection; au dévouement le plus absolu, elle réunit une patience inaltérable; à la conviction la plus ardente, la résignation la plus parfaite. En effet, la croyance religieuse tend à une propagation continuelle, et c'est par les vertus surtout qu'elle s'opère.

La crainte est une impression pénible qui nous vient des sens ou de l'esprit, dans le premier cas, on parvient quelquefois à la surmonter. La crainte, au contraire, vient-elle de l'esprit, nous domine entièrement, parce qu'elle repose sur la raison qui, dans ce cas, raisonne toujours juste; ou sur l'imagination qui ne calcule plus rien.

Maintenant, quelle que soit l'époque à laquelle on remonte, on trouvera toujours la croyance religieuse ou la crainte contribuant à introduire l'ordre dans la société. La croyance, parce qu'en général elle élève et purifie; la crainte parce que, pour éviter certains périls, elle attache l'homme à des devoirs qui constituent une partie de l'ordre social.

On a beaucoup écrit sur l'homme. Si c'est pour le rendre meilleur, on a bien fait; si c'est pour parvenir à l'expliquer clairement, on a encore bien fait. Mais dans l'unité apparente de l'homme, combien de diversités ne sont-elles pas contenues? Aussi, désespérant de l'embrasser dans tous les rapports qu'il enfante, le métaphysicien ne l'étudie que dans les points de contact général qu'il a eus avec les siècles. Le peintre de mœurs, au contraire, n'aspire qu'à prendre au passage certains traits qui le caractérisent un moment. Voilà deux genres opposés; mais tous les deux utiles : apprécions-les. Je dirai donc que le métaphysicien s'élève tellement au-dessus de nos rapports journaliers, que contemporain de tous les âges, il réussit quelquefois à reconstituer l'homme dans toute sa grandeur; le peintre de mœurs, de son côté, connaissant bien chaque localité, vous indique juste la porte où vous devez frapper.

Les passions de l'homme ne l'accusent pas : elles ne font que déclarer ce qu'il est. Aussi je ne condamne jamais sur les passions, mais sur leur emploi.

L'homme, surtout depuis trois siècles, s'est épuisé de fatigue pour expliquer les mystères de son essence. De découvertes en découvertes, il a prétendu être arrivé à la révélation de sa propre nature. Mais voilà que tout d'un coup, il tourne contre lui-même la perspicacité dont il s'est long-temps vanté, et brisant le sceptre de sa propre intelligence, il déclare que la pensée n'est qu'une matière habilement organisée. Il nie donc qu'elle se détermine au moment même où, par suite de son choix, il descend de la place qu'il a conquise, pour se ranger au niveau de la brute, qui, jusque-là, ne lui a obéi que parce qu'il a apporté la pensée et la tradition où celle-ci ne possède que l'instinct et la passion.

Il ne faut être sévère qu'avec soi-même; c'est la seule manière de parvenir à s'estimer un jour, tandis qu'en attendant elle nous fait aimer des autres tous les jours.

Pourquoi me presser, puisque de mon

propre mouvement j'en fais l'aveu. Avant vous, je l'avais remarqué, les sens de l'homme exercent sur lui un empire véritable. Seul est-il égaré au milieu de la nuit, le cœur lui manque par moment; il y a plus : le froid le fait trembler en plein jour; à l'ombre même, la chaleur l'abat. Maintenant est-ce là l'homme? Non, mais les surprises que les sens font à l'homme. Suivez-moi, et vous allez reconnaître l'homme véritable. On l'attaque dans ses croyances, ses devoirs, ses opinions, ou même les caprices de son honneur : aussitôt il court au-devant de la mort; en vain épuise-t-on contre lui les tortures, rien ne peut le faire fléchir; alors loin de céder à ses sens, il semble s'irriter de ce qu'ils ne souffrent pas assez; il veut que les blessures et les mutilations, en le laissant insensible, déposent de la grandeur de son indépendance. Enfin, c'est sur l'échafaud et par le choix même de son dernier soupir que l'homme constate qu'en son âme seule réside sa véritable souveraineté.

Je me trompe peut-être. En effet, je ne viens de montrer à tous les regards que l'homme de la civilisation, mais j'ai soif de convaincre, alors je passe sur-le-champ au sauvage. Ne pensez pas que pour triompher plus à l'aise, j'argumenterai des jours où cet enfant de la *nature* est heureux; non, je le prendrai au moment où il est en proie au supplice le plus affreux : c'est le courage au milieu des flammes qui me serviront d'exemple. Eh bien! renfermé dans un cadre de feu, le sauvage garde non-seulement les secrets de sa nation, mais nargue à l'impuissance de ses bourreaux; sûr de lui-même, il surmonte leur férocité par son courage. On ne peut cette fois parler ni d'amour-propre individuel ni d'orgueil national; le sauvage qu'on brûle n'a pas les siens pour l'encourager; à leur défaut, la renommée qu'assure les livres ne peut le soutenir, car parmi ceux qui assistent à l'intrépidité de son agonie, nul n'éternisera son souvenir. Mais il résiste parce que l'âme dont il est doué est celle d'un homme. Le sauvage sacrifie la fidélité envers lui-même à celle qui le lie envers les autres, et prouve qu'au sein même de la barbarie il a une idée confuse de son éternel avenir.

L'esprit de l'homme n'est pas toujours prêt à combattre, quelquefois même il ne se soucie pas de combatre. Cependant il cherche à mettre vite de son côté les juges du combat, ne fût-ce que pour éviter d'entrer dans l'arène. Dans ce sens la raillerie est la retraite de l'esprit qui a peur.

Au XIXe siècle, l'activité de certains hommes semble se diriger vers un but fixe, le pouvoir. Afin de le posséder plus tôt et plus sûrement, ils se glissent dans toutes les avenues où ils espèrent le rencontrer. Au milieu de la foule qui les presse, ils inventent et créent sans cesse des combinaisons nouvelles ; sont-elles détruites, ils en trouvent aussitôt d'autres pour les remplacer. L'activité est devenue telle dans les affaires politiques, que depuis plus de vingt ans il n'a été possible qu'aux jeunes gens d'avoir chance de succès. A une époque où la victoire terrifiait de sa célérité ; ils ont disputé à qui arriverait le premier sur le champ de bataille, et dans un an, ont fait plus triompher un seul conquérant, que leurs pères dans un siècle entier ne faisaient vaincre ceux qui leur commandaient. Aujourd'hui, pris dans leur ensemble, ils adorent la liberté, parce qu'elle leur promet un tel développement de forces que les succès doivent être prodigieux : ils adorent encore l'égalité moins pour ce qu'elle donne que pour ce qu'elle promet. En définitive, le besoin d'action est si impérieux en France, que l'homme mûr qui médite ce qu'il veut faire, est toujours renversé par l'homme jeune qui ne cesse de faire. Mais d'une autre part, je découvre un contraste remarquable. La vieillesse se trouve en majorité* sur le point où, dans notre système de gouvernement, elle devrait être rare, puisque là son office ne peut être que de modérer. Nous avons mis le conseil à la place de la résolution; bref, nous n'avons donné à la vieillesse qu'une seule place, celle où elle ne peut guère qu'entraver.

La croyance religieuse n'est que le de-

* 1827.

voir qu'on sanctifie pour qu'il oblige davantage ; c'est une manière de féconder la vie actuelle, pour qu'elle s'étende heureuse bien au-delà de cet espace fini où nous respirons un moment. Attacher des intérêts périssables à la croyance religieuse, c'est matérialiser l'homme dans ce que sa pensée a de plus pur et de plus exquis : c'est le murer dans le présent.

Il est une époque où l'éducation met un intervalle immense entre un homme et un autre homme. Être né dans le même pays, appartenir à la même ville, sortir de la même famille, voilà qui ne suffit pas pour s'entendre ; du fils au père les mots cessent d'avoir une signification commune. On ne parle que comme on sent : des années, des siècles s'écoulent ainsi, mais on calcule, et un jour se lève à l'improviste, où ce qui rapproche le plus toutes les classes, c'est l'éducation.

L'homme qui appartient à la société la plus parfaite rencontre à chaque pas tant d'obstacles qu'il n'aurait jamais pu accomplir les devoirs les plus impérieux, si certaines passions n'avaient pas enflammé ses facultés. Grâce à elles, il surmonte les périls, parce qu'il les méprise.

Depuis plus d'un siècle, les matérialistes, en se succédant sur le même point, prétendent tout expliquer. De ce qu'ils ont plus ou moins bien démontré l'homme physique, ils en ont déduit que la pensée était non seulement produite par les sens, mais qu'elle leur obéissait sans cesse. Au lieu de remonter jusqu'à notre âme qui tantôt conçoit et tantôt règle seule les sensations qui lui arrivent, les matérialistes n'ont étudié l'homme que dans le temps qui s'écoule entre le rapport que les sens transmettent et l'ordre qu'ils exécutent. Etranges logiciens, qui pour mieux appuyer sur l'effet, ont dédaigné de remonter à la cause, de sorte qu'ils ont mutilé la vérité, qui n'est telle que parce qu'elle est entière.

Les qualités qui élèvent le caractère de l'homme à une époque et réunissent autour de lui l'admiration de la foule ; ces mêmes qualités peuvent le perdre à jour fixe. En effet, lorsque la grâce et la facilité sont comptées pour tout, elles rendent bientôt la force insupportable, parce que celle-ci a quelque chose qui blesse, même à son insu. Par comparaison, on souffre d'être à côté d'elle : alors toutes les petites passions se coalisent contre l'homme d'un caractère élevé, et lui déclarent guerre à mort. Il faut qu'il se cache, et par un déplorable aveuglement, c'est au jour où ses grandes qualités pourraient sauver la société qu'elle prononce l'ostracisme contre celui qui les possède.

Tout homme qui en persécute un autre, prend sa part dans le mal qu'il lui fait, et ce n'est pas la moindre. La férocité se déchire elle-même ; aussi s'arrête-t-elle quelquefois avant que l'innocence soit fatiguée de ses tortures : c'est celle-ci qui lui fait grâce.

Je me suis toujours incliné devant l'évidence ; je reconnais donc que chaque climat donne au tempérament de l'homme une première impulsion ; il agit de plus sur son goût littéraire et jusque sur ses simples penchans. Mais d'un autre coté l'homme est saisi plus réellement par les lois, les institutions et les mœurs du pays auquel il appartient. Les Romains, que l'ardeur d'un soleil méridional aurait dû énerver, ont vaincu dans toutes les parties du monde alors connu. Les Germains, entourés de glaces et de frimats, ont triomphé à leur tour, et se sont emparés de l'univers. Deux peuples sous des latitudes opposées ont atteint le même résultat ; ainsi l'homme, suivant la manière sociale dont il est élevé, reforme jusqu'à l'empire de son propre climat.

On espère dégrader l'homme en l'accusant d'obéir sans cesse à ses intérêts : misérable tactique! L'homme de la société s'oublie si entièrement, que c'est par des sacrifices continués de génération en génération que le présent sans cesse perfectionné, a produit enfin la civilisation dont jouit le monde.

L'âme, dans bien des circonstances,

recueille des perceptions par l'intermédiaire des sens; mais elle n'a pas besoin après tout de leur concours ; seule et abandonnée, elle est émue et décide. Aussi par une pensée que l'âme envoie en une seconde, le sommeil de l'homme est mis en fuite pour un mois.

La femme ne déploie un courage extraordinaire que pour accomplir des devoirs. Plus calme que nous, elle atteint vite au sublime lorsqu'elle est profondément remuée. Dans certaines crises, l'énergie de la femme dépasse tout; alors son cœur n'a pas de limites.

L'homme heureux est celui qui a plus de raison que d'imagination, de sentimens que de passions, de vertus que de vices; c'est le modèle du bien-être individuel. Mais par suite l'homme heureux se trouve si bien qu'il est rare de le voir se déranger pour antrui.

L'homme évite la douleur : vérité qui demande explication. S'agit-il de lui seul, nul doute, il s'inquiétera du plus léger malaise; maintenant et de son propre gré, il enviera tous les périls, il affrontera toutes les souffrances pour sauver la société dont il est membre; voilà qui est décisif : l'empire de l'homme est en dehors de ses sens; autrement il ne chercherait en toute occasion qu'à vivre pour jouir.

L'éducation donne à l'homme le tact

du temps où il vit, l'instruction le fortifie de toute l'expérience du temps passé. Avec la première on réussit; mais ce n'est quelquefois que d'une manière provisoire. Maintenant qu'est-ce que l'homme supérieur dans les affaires? Celui qui, doué de toutes les ressources d'une éducation accomplie, s'illuminant en outre du passé, découvre dans certaines conséquences qu'il a produites, la direction qui doit être imprimée au présent.

A mon grand regret, l'homme est mieux connu dans ses sens que dans son âme. Les effets des premiers sont si faciles à saisir que tôt ou tard il a fallu renoncer avec eux à l'esprit d'invention. L'âme, au contraire, demande un discernement tout à la fois si sûr et si infatigable, qu'elle a échappé à la pénétration ordinaire. Cependant la définition de l'homme ne sera jamais trouvée que dans sa spiritualité, et c'est là que faute d'une attention habile chacun place son roman.

L'homme n'est pas né pour le bonheur; aussi est-ce la mauvaise fortune qui le fait surtout briller, parce qu'elle exerce ce qu'il y a de meilleur en lui, ses vertus. Étudiez les gens heureux, vous les verrez se détester puisque leurs vices sont en rivalité. L'homme surmonte ce qu'il y a de plus affreux dans le malheur, mais sa raison se trouble à certain degré de fortune : il est monté trop haut pour échapper au vertige.

La grandeur d'âme est l'exaltation de toute la force de l'homme ; c'est plus que de la résolution, du courage et de l'audace : c'est le cœur de l'homme qui l'enflamme partout.

Le caractère s'imprime à tout : c'est pourquoi il se dénonce sans cesse. La société ne se trompe jamais quand elle juge du caractère qui guide le pouvoir ; elle n'a pas même besoin pour cela de raisonner, car le caractère se sent par le pouvoir même. On éprouve s'il est fort ou faible, et la société sur-le-champ se détermine à donner ou à recevoir la loi.

Tout homme qui manque d'éducation se résigne à l'obéissance comme au malheur ; il en prend jusqu'où ses forces peuvent le mener ; mais il n'en est pas longtemps ainsi. L'éducation devient générale; on délibère avant d'obéir, car on veut concilier tout à la fois et son intérêt et sa dignité. Alors le pouvoir est dans une position délicate, il a besoin d'une obéissance prompte et il faut qu'il l'insinue. Arrive-t-il à réussir, son ascendant devient irrésistible ; au lieu de l'obéissance passive, il dispose de l'exaltation générale, c'est-à-dire que chacun fait pour lui plus même qu'il n'aurait osé en attendre.

L'homme qu'entoure la foule de ses semblables, a des intervalles où il vit isolé. Quelque puissant qu'on le suppose, il passe seul des heures entières. Les princes, comme les derniers de leurs sujets, se réveillent au milieu des nuits, et se jugent entre la veille et le lendemain. On le reconnaît à la profonde tristesse qui tant de fois flétrit et décolore en eux jusqu'à l'air du commandement. Les maîtres du monde, s'ils pleurent moins que nous, pleurent plus amèrement. A leurs droits sont attachées tant de fautes inévitables, que régner est plutôt pour eux expier que sentir l'enivrement de la puissance. Non, la félicité n'est pas dans cet empire altier qu'un homme exerce sur d'autres hommes : la foule serait trop malheureuse. Le bonheur véritable, c'est cette paix si douce et si intime, qu'elle pénètre de sa quiétude nos maux les plus déchirans. L'homme ne la reçoit pas d'un autre, c'est lui-même qui se la donne ; pour mieux dire, elle est l'œuvre des devoirs qui depuis sa naissance il a toujours accomplis. Il est heureux parce que d'abord il s'est montré enfant tendre et soumis; c'est par la piété filiale qu'il a commencé l'avenir dont plus tard il entrera en possession, Mais il va plus avant dans la vie et devient père de famille : alors il recueille les nouvelles vertus dont il a besoin. Sans doute les devoirs qui l'obligent sont plus nombreux, mais en retour, que de délices l'en dédommagent ! Longtemps il n'avait aimé que ceux dont chaque jour lui apportait les bienfaits; désormais il est chéri de tous ceux sur lesquels il en répand à son tour. Sans doute, il travaille, veille et s'inquiète pour eux, mais il a pour récompense la tendresse de sa jeune femme et le sourire de son premier né; enfin, il est le centre d'un monde entier, où il règne par l'amour. Des adversités l'atteignent; c'est la condition de la vie : il ne succombera pas; seulement il ira renouveler, au pied des autels, l'énergie dont il a besoin, et rayonnant d'une sainte joie, fortifiera de son retour tous les siens. Mais sa tâche est à peine remplie. Ne croyez pas qu'il attende que la loi provoque son ardeur, il accourt avant même son premier appel. Voilà l'homme dans toute sa grandeur. Mais ce n'est pas assez de l'avoir suivi jusqu'à l'âge mûr : il me reste encore à rendre compte de sa vieillesse. Accompagnez-moi donc, et voyez-le entouré de ces joies délicieuses que les petits-fils réservent aux ancêtres; observez comme ils se pressent autour de lui : c'est à qui le caressera le premier. Ils accourent à son réveil, et ne peuvent le quitter jusqu'au lendemain sans le carasser encore. Ses cheveux blancs, son air vénérable, la tendre simplicité de ses paroles, tout pénètre, charme et ravit cette génération en bas-âge : elle le continuera. A-t-il rendu d'éminens services à l'état; sa famille devient innombrable, elle se cempose de tous les cœurs généreux qui appartiennent à l'époque où il est né. Récemment l'Amérique n'a pas été seule * à porter le deuil de deux augustes

* 1827.

vieillards dont l'intrépide génie l'avait aidé à conquérir son émancipation; tous ne peuvent s'élever aussi haut. Qu'importe : si l'on a été utile en proportion de ses forces, la conscience publique en tient compte. Enfin il touche à ses derniers jours et semble plier sous le faix des douleurs et des infirmités. Cependant il est calme parce que la résignation qu'il possède vaut mieux que le courage qu'il a déployé jadis. Mais la sagesse de ses conseils est un trésor que nul accident n'a pu lui ravir, et la foule se presse autour de son lit pour être éclairée de ses derniers conseils. Les pauvres qu'il a secourus accourent au déclin du jour dans sa demeure, afin de sentir encore une fois la bienveillance de son regard et de se consoler ainsi de la dureté de tant de riches. C'est au milieu de cette escorte qu'il exhale son dernier soupir que Dieu recueille pour lui fixer une place dans l'éternité. Maintenant, comparez cette noble et touchante carrière à celle où s'égarent le guerrier, le savant, le littérateur et l'artiste. Sans doute, ils jouissent des regards universels; l'admiration publique vient pleurer sur leur tombe et survit à leurs cendres. Mais que de fois la gloire du triomphe a été ravi à celui qui la méritait, pour décorer le nom du chef suprême, favori d'un jour. Les lettres, les arts et les sciences, en laissant d'éternelles traces, n'ont-elles pas souvent illustré de véritables larcins. Après tout, c'est l'homme qui, sur de certaines apparences, distribue la gloire; et l'homme se trompe. Rallions-nous donc à l'accomplissement de nos devoirs : là, rien n'est incertain; si l'on manque la moisson ici-bas elle se levera ailleurs. Fermons l'oreille aux séductions des sens, comme au bruit trompeur des applaudissemens : obéissons à notre âme, tel est le secret de notre sublime destinée.

DE

L'HONNEUR.

DE L'HONNEUR.

L'honneur est la conscience du devoir; c'est encore la partie la plus exquise de la délicatesse. Ces deux nuances existent réellement dans l'honneur, ou pour mieux dire, ce sont elles qui constituent son ensemble.

La nuance principale de l'honneur, celle que je définis la conscience du devoir, se montre en Europe sous toutes les formes de gouvernement. C'est elle qui, dans les états où le pouvoir semble être absolu, inspire au soldat le besoin de mourir pour lui-même à la défense de son poste ; c'est elle qui enflamme le serviteur fidèle couvrant de son corps le royal maître qui n'a plus rien à lui donner. C'est elle qui dans une monarchie mixte, somme le mandataire passager du peuple, comme l'élu héréditaire du prince, de repousser toutes les séductions pour conserver intacts tous les droits. C'est elle qui soutient le magistrat lorsqu'il distribue la justice aux dépens de ses jours. Enfin, c'est elle qui électrise le simple citoyen, et le rend intrépide, soit en face d'une multitude furieuse, soit en présence de la force, des menaces, et quelquefois des dons que, pour l'effrayer ou le gagner, les agens du pouvoir font éclater à ses yeux.

On ne peut en douter, plus les peuples s'avanceront dans l'avenir, plus aussi ils auront des droits, et par conséquent des sacrifices politiques à s'imposer. Un grand changement est déjà accompli : il me frappe. Aujourd'hui on est plus profondément remué comme citoyen que comme individu. Au besoin, il n'est aucun de nous qui ne sache faire remise d'une injure personnelle, mais qui en même temps ne sollicite des armes à la simple pensée d'un oubli envers la majesté de la France*. Tant mieux, car il importe pour

* 1827.

notre salut, que d'individuel qu'il était trop jadis, l'honneur désormais se montre surtout national.

Je reviens à la partie de l'honneur, condamnée désormais à demeurer secondaire parmi nous. Qu'est-elle? Une sensation qui frappe indépendamment de toute réflexion, et dont le cœur seul est juge. C'est une sorte de sens nouveau que donne la naissance, que développe l'éducation, et que fortifient ou éteignent les mœurs publiques.

Je puis encore dire que l'honneur, pris dans son acception générale, est la véritable chaleur du cœur, puisqu'il féconde tout.

L'honneur, dans sa partie délicate, n'a jamais été bien compris que parmi nous: en voici la raison. De tous les peuples sortis du nord, le Français est le dernier qui ait constamment persévéré dans l'adoration des femmes. En retour, l'honneur est resté long-temps sur notre heureuse terre, intrépide, brillant et surtout plein de tact et d'intelligence. Néanmoins le jour de sa destruction est venu, et comme la monarchie de Louis XIV, il a eu toutes les qualités qui saisissent l'admiration, hors la durée.

On déplore ce qu'il y a d'impitoyable dans le caractère des peuples voués aux spéculations mercantiles; mais c'est faire un crime à ces peuples de ce qu'ils vivent.

A-t-on songé qu'ils ne peuvent jamais avoir les fonds des entreprises qu'ils tentent. Cependant il faut payer à jour fixe les engagemens qui sont pris ; il est donc impossible de se laisser vaincre par la commisération. Aussi admirez le sens profond des législateurs ; ils ne concèdent la liberté du débiteur que dans les transactions commerciales, ou du moins celles qui en simulent les apparences. Là, ils sont inflexibles, parce que tout serait perdu si la sensibilité faisait broncher l'exactitude. On s'est engagé, il faut tenir : voilà l'honneur.

Je demande à être cru : oui, les gens du petit peuple ont leur genre d'honneur. Sans doute ils sont loin de le faire consister dans des paroles pleines d'à-propos, ou des procédés remplis de mesure. Mais un d'entr'eux tombe-t-il dans le malheur, les autres courent aussitôt à son secours; étrangers aux convenances, partout ils soulagent, consolent et partagent. Entre gens du petit peuple, l'égoïsme c'est l'infamie : se priver pour donner, c'est l'honneur.

Il y a une hypocrisie d'honneur, comme une hypocrisie de religion ; pour soutenir la première, il faut quelquefois s'exposer beaucoup, tandis qu'avec un peu d'habitude, on exploite toujours à merveille la seconde ; à prier sans croire on ne risque rien : quelques-uns seulement vivent de l'hypocrisie d'honneur. Au contraire, l'homme lâche et paresseux s'engraisse avec l'hypocrisie religieuse * ; celle-ci fait foule ; elle est donc de toutes la plus dangereuse.

L'histoire en dépose : on abuse de tout. Nous avons vu des hommes exploiter à titre d'industrie le plus généreux des sentimens. Sous prétexte de mieux rendre hommage à l'honneur national, ils l'avaient caserné dans les bulletins de l'empire. Les trophées de nos ancêtres, les champs de bataille où à son aurore triompha la révolution française, tous ces souvenirs d'éternelle mémoire étaient impitoyablement bannis. Dégradé par les

* 1827.

mains de quelques hommes, l'honneur national n'était plus qu'une marchandise vendue aux passions d'un parti. Mais la liberté de la presse veillait; providence passagère, elle exerce en retour ici bas, une justice inévitable. On est donc revenu à la vérité : aujourd'hui on reconnaît que l'honneur national, dans ses nouveaux développemens, ne date que de la restauration *. Dans le vrai, il ne doit se composer que des sacrifices faits à la liberté légale et aux intérêts généraux. Attendons encore quelques années, et l'honneur national sera bientôt pour nous

* Je devrais dire, pour être mieux entendu, de la Charte, ou du gouvernement mixte, qu'en France nous appelons représentatif. (4e édition, 3e vol., 1827.)

si pur et si sacré, que l'on n'osera pas même le défendre, si d'abord on ne peut justifier de ce qu'il a coûté : les martyrs seuls feront foi.

Quand on joue son honneur, il faut être très heureux, ou du moins très habile, car faute de toucher juste au point précis, on est quelquefois perdu pour toujours.

En France, dans la société antérieure à la révolution, il est arrivé plus d'une fois que de grands personnages, après s'être créé une influence irrésistible, grâce à toutes les séductions qu'avait d'abord repoussées leur honneur, l'ont ensuite tourné contre le pouvoir, comme un impôt dont il devait subir les frais. Pour eux, la position était lucrative; savaient-ils quelque temps conserver l'équilibre entre le pouvoir et l'opinion publique, ils recueillaient très vite tout ce que les pas de leur vie avaient jusque-là semé.

Dans les révolutions, la partie de l'honneur que je regarde comme nationale, s'accroît sans doute, mais c'est aux dépens du reste. D'un autre côté, comment dans ces jours de crise, hésiter entre les jouissances les plus délicieuses de l'honneur et cétte multitude qui est la patrie! Au milieu de la paix, pour venger une injure, que de fois ne s'est-on pas battu à visage découvert! tout à coup, des hostilités ont lieu avec un peuple voisin;

voyez les plus intrépides se glisser dans l'ombre ou se cacher en embuscade; voyez-les se revêtir de la couleur qu'ils détestent, afin, en trompant l'ennemi, de jouir de sa défaite; en guerre comme en révolution, le salut de tous voile la délicatesse de chacun, et, au profit des autres, on se dépouille un instant de ce qu'on estime le plus en soi.

Il y a des saisons mortelles à l'honneur, celles où prospèrent les usurpations faites à main armée. Cependant, vaincue par sa propre conscience, la force passagère, même en triomphant, sent si bien le besoin de purifier ses succès, qu'elle cherche à se créer un honneur qui lui est particulier. Par l'éclat des triomphes et des victoires, ces grandes illusions du monde, elle parvient quelquefois à séduire l'opinion publique, et, aidée de son secours, dégrade momentanément de l'honneur ceux mêmes qui meurent en combattant pour sa défense. Mais le temps, qui voit s'écouler devant lui les passions et les intérêts, le temps ne veut pas toujours manquer à la justice; il soulève à la fin l'honneur étouffé sous les trophées des vainqueurs, et, lui rendant sa place, le réhabilite de tous ses désastres passés *.

* Nous en avons eu une preuve mémorable de nos jours ; l'opinion publique n'a-t-elle pas déjà sanctifié la mémoire des Espagnols morts pendant la guerre de l'Indépendance. Le Moniteur impérial les traitait cependant d'insurgés et de brigands : il est vrai que c'était par ordre. (4e édition, tome 3e, 1827.)

Il ne faut pas soutenir que pour avoir manqué de délicatesse, un homme est sans honneur. La plus sévére probité a ses fautes à pleurer : il n'est pas de pureté sans tache. C'est sur l'ensemble de la vie, ou du moins, sur un fait éclatant, qu'il convient de juger l'honneur. Si ce noble sentiment ne se nourrit en général que de sacrifices, il raisonne quelquefois plus qu'il ne sent. Au milieu des plus extrêmes périls, il peut donc céder un instant ; mais régénéré par ses remords mêmes, il se relève souvent, modèle inimitable : tels étaient les guerriers au moyen âge.

Depuis l'origine de nos troubles, vous tenez au parti de l'honneur, c'est bien ; il roule dans l'abîme : je vous entends, et je me cramponne à sa chute, de peur de ne pas périr avec lui.

Il y avait jadis une profession périlleuse. Quand on ne voulait ni combattre pour l'État, ni rendre la justice, ni vivre de son travail, on s'acclimatait dans les salles d'armes, et avec le temps et les rixes, on était proclamé brave. Ce n'était pas le courage, c'en était le métier. On rencontrait donc de ces braves qui, les armes à la main, mouraient sans honneur. Mais on n'a jamais vu un véritable homme d'honneur sans bravoure; seulement il ne la montre qu'aux occasions utiles; c'est-à-dire comme la compagne obligée du devoir ou de la délicatesse.

En fait d'honneur, tout se mesure à l'étendue des sacrifices. Les Espagnols ont beaucoup souffert dans la guerre de l'indépendance, mais ils mouraient victimes d'une cause qui parmi eux faisait palpiter tous les cœurs ; ils mouraient pour ainsi dire sur le seuil du toit héréditaire. Les Vendéens ont été exterminés en masse; mais leur dévoûment a eu ses trophées que nul n'a cherché à leur ravir. Enfin, au milieu des plus effroyables catastrophes, la terre de France n'a jamais manqué à leur sépulture. Aujourd'hui même, on prie aux lieux où ils sont tombés. Mais à peine avaient-ils fui le sol natal, devenu tout à coup homicide pour eux, que les émigrés, futurs compagnons de Condé, étaient proclamés *parias* de tous les royaumes *. Sur le champ de bataille seul on leur permettait de se rallier, parce que soldats ils ne combattaient que pour mourir. Blessés, si on les relevait, c'était pour les faire expier plus sûrement sous le plomb républicain **. Victorieux, nul avantage ne leur revenait; vaincus par la faute des autres, tout le poids du

* Il faut mettre hors de ligne l'Angleterre. Et cependant Quiberon, de triste et sanglante mémoire, se rattache à l'hospitalité d'Albion. (4e édition, tome 3e, 1827.)

** C'était la faute des lois d'alors ; en général les prodiges les plus merveilleux de courage et de grandeur d'ame sont dus à des émigrés et à des volontaires républicains. Qu'on ne soit pas surpris du rapprochement : l'histoire le fera un jour; je devance seulement son témoignage. Au reste, tout ce qu'il y a de plus sublime chez les Français a toujours été spontané; dans les périls, s'ils valent beaucoup, c'est de premier mouvement. (4e édition, tome 3e, 1827.)

désastre pesait sur eux. Patrie, secours, dernier regard d'un ennemi compatissant, tout a été refusé à leur malheur. A force d'avoir souffert pour l'honneur, ils en ont agrandi la gloire.

Il y a dans l'honneur des singularités qui ne s'expliquent que par l'empire des mœurs régnantes. Tel jadis à la brêche se serait fait tuer pour son ami, qui rentré dans la tente l'attrapait au jeu : ce n'était pas le vice de l'homme, mais celui du temps.

Dans notre vieille France, les premières classes briguaient dans les camps les blessures, la mort et souvent la misère : c'était une dette qu'elles croyaient payer à l'honneur. La générosité, les grâces et la grandeur brillaient donc au milieu des habitudes militaires; le commandement lui-même, malgré la différence des grades, était plein de douceur et de délicatesse, parce qu'entre ceux qui le possédaient, tout ne se faisait que d'honneur. Par suite aussi, la fidélité au prince était inébranlable. Au-dessous, parmi les sous-officiers *, régnait l'esprit de corps et un instinct d'honneur national, qui rendait les simples soldats intrépides un jour de bataille. Telle était l'armée du roi de France, lorsque nos troubles éclatèrent.

* Je devrais dire bas-officier, pour parler le langage du temps, mais je craindrais en étant exact de blesser la susceptibilité du grand nombre. (4e édition, tome 3e, 1827).

Examinons maintenant l'armée qui lui succéda. La révolution appela toutes les classes non seulement aux armes, mais encore à la possession des grades; le commandement comme l'obéissance furent d'abord pleins d'enthousiasme et de fraternité. Mais d'une part l'anarchie régna bientôt dans les camps comme dans les villes, et nos troupes, composées de volontaires, virent s'engloutir leurs rangs dans des levées forcées. Les lois militaires devinrent alors atroces; soldats et officiers, elles atteignirent tout. Ces derniers, par leur dénûment, se trouvèrent en outre esclaves enchaînés à tous les gouvernemens qui devaient nous pressurer. Braves, ils marchaient en tête de vaillantes milices; mais combattre pour vivre, c'était leur métier de tous les jours. Enfin, par suite de sa composition, l'armée républicaine obéit avec joie à un despote sorti de son sein; elle en avait servi tant d'autres qui lui étaient étrangers! Maintenant que nous vivons sous le régime de la liberté légale, quel doit être l'esprit de notre armée? Elle confondra dans un égal amour la royauté et les institutions que celle-ci vient d'accorder à la France*. Sortie de tous les rangs, elle sera l'honneur national toujours sous les armes.

Il est toujours temps de réparer sa faute; je m'aperçois que jusqu'ici j'ai passé sous silence l'honneur qui est particulier

* 4e édition, tome 3e, 1827.

aux femmes. C'est que de nos jours elles occupent moins l'attention que jadis. Ne serait-ce pas qu'il y a désormais dans la société plus de charges à supporter que d'agrémens à recueillir?

Entre l'honneur des hommes et celui des femmes je trouve une grande différence. Les uns ne conservent leur honneur qu'en sachant s'exposer, les autres au contraire, qu'en évitant de s'exposer.

Je ne connais rien de plus précieux que l'honneur pour les femmes; c'est lui qui les classe dans leur jeunesse. Néanmoins n'arrive-t-il pas souvent que pour avoir tenu en secret au devoir le plus essentiel, les femmes sont compromises? En définitive, le sourire, le regard de l'homme qu'elles ont repoussé, peut dans certaines circonstances, tacher l'honneur qui s'est le mieux défendu.

En conscience, les hommes peuvent tant sur ce point que, selon moi, ils devraient tout se refuser. Comment ne pas rougir de se donner à si bon compte des succès que dans la réalité on acheterait au prix de sa vie. Mais ici, à défaut du cœur, c'est la vanité qui jouit, et elle est impitoyable.

Je vous loue d'attacher les femmes à leurs devoirs, mais n'oubliez pas d'un autre côté qu'il est bien essentiel de les dresser de bonne heure à l'esprit de conduite. Sans doute, avec une conscience pure, elles seront heureuses pour elles-mêmes, mais avec l'esprit de conduite elles rendront heureux ceux qui les entourent.

L'honneur, chez les femmes, se compose de sagesse, de prudence et d'une sorte d'à-propos continuel. Il se compose en outre d'une délicatesse de cœur portée à l'infini, et d'une surveillance d'esprit qui ne s'endort jamais. Quelle réunion difficile, et que tout peut compromettre, jusqu'au plus léger hasard! Aussi, dans l'âge où la beauté attire tant d'hommages aux femmes, le soin de leur honneur en est comme l'expiation.

La capitale d'un grand État ne suffit

pas au moraliste qui veut être exact. Dans ce vaste cadre, quelques nuances disparaissent. J'ai habité aussi les petites villes, et j'ai reconnu pourquoi les femmes y sont réservées jusqu'à la froideur, et prudes jusqu'à l'affectation; c'est que le geste et la parole, dans ce qu'ils ont même d'indifférent, sont enregistrés : de là des calomnies qui arment les hommes entre eux et les appellent à des combats particuliers. C'est donc par tendresse pour leurs proches que les femmes, dans les petites villes, aiment mieux ne pas plaire que d'aventurer même avec innocence la pureté de leur honneur.

Je ne veux rien pousser à l'extrême ; je conviendrai donc que relativement au sujet qui m'occupe, il y a encore plus de justice qu'on ne pense. Ainsi, une femme dont l'honneur a été compromis, peut dans l'âge mûr se refaire une véritable considération, en cultivant certaines vertus : on ne lui a tenu rigueur que le temps nécessaire. Quant à l'homme qui a perdu l'honneur, c'est pour toujours ; à moins cependant que dans une crise il ne sauve son pays ou ne l'illustre par de grandes qualités : encore l'estime manque-t-elle à sa gloire.

DES PARTIS.

DES PARTIS.

Je m'effraie si peu de l'existence des partis, qu'où ils manquent, je les souhaite. En effet qu'annoncent-ils? le mouvement d'une civilisation plus ou moins active. Pareille allégation étonne d'abord; qui prétend le contraire? Mais faites attention que je raisonne en présence des siècles, tandis que vous me lisez, ne songeant qu'au vôtre. Je vous le demande, la pensée n'est-elle pas interdite à certains peuples? Alors entre eux nulle diversité d'opinions; par conséquent absence totale des partis. Eh bien! ces peuples, qui envahissent depuis des siècles l'Asie, n'ont pu élever sur son immense territoire que de fragiles établissemens. En Europe, discussion perpétuelle des partis; mais en même temps progression et durée. Ainsi, là où l'intelligence est libre, les peuples s'illustrent et les dynasties s'éternisent. Les partis sont donc loin d'être malfaisans en eux-mêmes. Pour ma part, c'est seulement par la route qu'ils prennent que, de temps à autre, ils me font peur. Alors que faire? aux premiers pas les pousser jusqu'à leur véritable place, puis les abandonner aux chances de leur propre fortune.

La civilisation appartient à deux partis, qui éprouvent tour à tour des revers et des victoires. Déployant toutes leurs forces, ces deux partis en épuisent l'énergie pour triompher dans la lutte actuelle, lutte qui d'ailleurs doit durer encore de longues années, puisqu'il s'agit non pas seulement d'intérêts, mais d'idées qui, par leur étendue même, renferment l'homme dans son ensemble. Aussi, la victoire, qui restera définitive, rangera-t-elle pour long-temps le monde de son côté. Afin d'arriver jusque là, l'un de ces deux partis essaie de tenter la foule par l'appât d'une liberté sans limites, tandis que l'autre, appuyé sur des excès, dont l'esprit est encore effrayé, réclame dans tout une obéissance sans réplique. En résumé, c'est l'*absolu*, sous des formes opposées, que ces deux partis poursuivent*.

Il est facile de juger à l'avance que chaque parti doit commettre des fautes : il en est tant qu'il ne peut éviter! alors comment se fait-il que l'élite de chaque nation court remplir les deux camps? C'est que si tous les partis se ressemblent dans les moyens qu'ils emploient, ils diffèrent entièrement par les résultats vers lesquels ils tendent. Aussi est-ce afin d'obtenir ou de repousser ces mêmes résultats qu'au profit des partis, le courage, la raison, le génie

* 1825, 4e édition, 2e vol.

et l'enthousiasme, parlent, écrivent et meurent.

Tout parti a un temps déterminé pour attirer à lui l'estime publique; celui qu'il passe dans les revers. Harcelé chaque jour, il fait face sur tous les points; persécuté dans ses doctrines, il les défend avec une persévérance si admirable et une habileté si profonde, que les juges du combat, à force d'admiration, sont tentés de les tenir pour vraies. Enfin, ce parti si long-temps martyrisé l'emporte; aussitôt il renie ses doctrines anciennes pour faire triompher ses intérêts nouveaux; et, se souillant afin de s'enrichir, perd bientôt jusqu'à la mémoire de son ancien courage. Bref, chaque victoire complète épuise si vite le parti qui l'obtient, qu'avant d'en serrer le profit, il ne règne déjà plus. Règle générale : ce sont les vertus qui, habilement dirigées, approchent du commandement; mais s'agit-il de le saisir, prestes, adroits et audacieux, les vices s'en emparent les premiers. Long-temps il en est ainsi; mais, à certaine époque, chaque parti réalise ce qu'il a promis : alors c'est pour l'état l'apogée de la grandeur, et pour le citoyen le comble de la félicité.

J'écoute toujours un parti quand il accuse la perversité du parti qu'il combat, parce qu'alors il est condamné à voir trop juste pour se tromper ou tromper autrui. Mais en même temps méfiez-vous de lui dans les éloges qu'il se donne; car il prend pour qualités de caractère ce qu'il ne possède que comme qualités de position.

En France, quelques années ne s'écouleront-elles pas encore avant qu'aucun parti puisse se soutenir long-temps aux affaires? La révolution ayant dévoré aristocraties, associations, grandeurs de tous genres, n'a plus laissé parmi nous que des individus libres, mais isolés; ou bien des individus réunis, mais payés : puis une administration, et enfin des soldats. Qu'en est-il résulté? que tout parti qui domine doit se précipiter dans les mesures les plus extrêmes, puisque rien ne l'empêche de satisfaire ses passions. Des individus osent l'arrêter, il les écrase; des formes administratives le gênent, il les change ; enfin tout ce qui fait obstacle disparaît, dès qu'il souffle dessus. Il dispose d'une telle puissance, qu'il est bientôt entouré de ruines. Cependant sa première rage passée, il cherche à construire sur le plan qu'il a conçu : à cet effet, il déblaie les ruines qu'il a amoncelées. Pendant ce temps ses ennemis se rassemblent, l'attaquent et le renversent. Ne peut-il donc pas se trouver dans le parti vainqueur certains chefs qui n'aspirent qu'à concilier, réunir et pacifier? sans contredit; mais ils sont bientôt expulsés de si sages et si généreuses intentions. En effet si, à l'aurore de la révolution, les plus nobles théories enflammèrent toutes les imaginations, il n'en fut pas long-temps ainsi. Détrompés, les Français, toujours extrêmes, prirent aussitôt le parti de ne plus croire à rien. Cette *rouerie* que, faute de meilleure place, leurs pères avaient établie dans les rapports du cœur, ils l'installèrent dans la politique. Pour obtenir des places et des dignités, la foule, avide de parvenir, exagéra successivement chaque couleur dominante. En vain les hommes du pouvoir, placés en présence des obstacles, essayèrent-ils de s'arrêter, ils furent aussitôt débordés par les mercenaires d'opinions, qui, pour s'avancer, avaient besoin de tout franchir ; d'un autre côté, les hommes du pouvoir tentent-ils d'accorder les excès qui leur sont demandés, n'en tombent que plus vite.

Mais encore quelques années, et la révolution aura vomi sa dernière écume. Alors les partis, parvenus à se balancer, deviendront utiles, puisque de leurs désastreuses habitudes il ne leur restera plus que le besoin d'un loyal avertissement.

Dans beaucoup de contrées, la force des partis est d'irritation; comme assaillans, ils sont utiles. Réussit-on par eux, il faut s'appuyer sur leurs doctrines quand elles sont bonnes, mais toujours répudier leurs passions. En effet, les doctrines, dans ce cas, rallient et soutiennent, tandis que les passions, ne délectant et n'enrichissant que quelques-uns, donnent toutes les masses pour ennemies.

DES

GENS DE LETTRES.

DES GENS DE LETTRES.

GENS DE LETTRES : classe innombrable et qui se compose de rangs si divers que, dans l'impossibilité d'avoir des chefs, chacun marche à son propre commandement. Il y a plus, les gens de lettres, qui se combattent sans cesse, arrivent tous au même résultat, c'est-à-dire que contribuant à faire triompher, soit une opinion, soit une autre, ils agrandissent en définitive la puissance de la pensée humaine.

Quels sont les deux peuples qui depuis long-temps ont assuré à la civilisation ses plus beaux développemens? les Anglais et les Français. Chez les premiers, Addisson, appuyé sur ses succès, comme moraliste et poète, monte au ministère. Un peu auparavant, Racine, parmi nous, était mort de douleur, parce que consulté sur les misères de la France, il avait déplu pour avoir écrit en toute sincérité. Louis XIV ne règne plus, et son neveu*, afin d'attacher plus sûrement la conviction de l'Europe, confie à Fonte-

* Le Régent.

nelle la rédaction de ses manifestes. Quelques années s'ècoulent, Voltaire a un roi pour courtisan *, et sur la fin de sa carrière, est couronné par un peuple.

En Europe il y a pour chaque contrée, un prince, quelques ministres, puis des agens subalternes. Mais la foule ne sent tous ces maîtres que par intervalle; aussi tantôt elle les aime, tantôt elle les craint, quelquefois elle n'y songe pas. Cette même foule renferme cependant dans son sein une élite qui a besoin d'être éclairée; elle se trouve donc dans un contact perpétuel avec les gens de lettres.

* Frédéric.

A une époque, ils l'amusent; à une autre ils l'enseignent. Le pouvoir se trompe-t-il, ils le conseillent; reste-t-il en arrière, ils l'aiguillonnent. Enfin, comme les gens de lettres en inspirant les plus grands sacrifices ne les commandent pas, on se glorifie de l'obéissance qu'on leur rend, de sorte que sans puissance réelle dans les affaires, ils peuvent quelquefois tout ce qu'ils conseillent; en d'autres termes, plus que les princes et les lois.

Chez les anciens, dès l'instant où fut abattue la tribune aux harangues, un silence universel engourdit le monde. Vainement les sophistes prodiguaient-ils en public la subtilité de leurs paroles; faute d'être prise, au sérieux, elles expiraient sans résultat. Mais depuis près de quatre siècles, une grande idée se présente-t-elle à l'esprit, ou bien une grande injustice est-elle commise, aussitôt les gens de lettres écrivent, et bravant tous les obstacles, édifient une éternelle publicité. Aux beaux jours de Rome, les orateurs, dans leurs plus sublimes inspirations, ne pouvaient soulever que les flots de la place publique. Aujourd'hui, il suffit de quelques pages échappées aux gens de lettres pour que d'un même mouvement se précipitent tous les peuples réunis.

Le génie chez les gens de lettres, à part l'inspiration, tient aussi à leur manière de vivre. Vieillissent-ils dans la solitude et au milieu des chefs-d'œuvre, ils finissent par être initiés à leur nature. Alors, pour rester citoyens des âges, ils repoussent les préjugés créés par le temps auquel ils appartiennent, et s'élèvent ainsi, forts de tous les siècles, contre un seul siècle.

Les hommes ne se contentent plus d'être heureux, il faut encore qu'ils jouissent dans leur intelligence; et comme celle-ci est à certains égards fort étendue, voilà d'immenses besoins que les gens de lettres ont fait germer. Alors le pouvoir, pour se conserver, a la double charge de gouverner d'une part, et de laisser éclairer de l'autre. Bref, c'est au moment où chacune de ses erreurs va être signalée qu'il est condamné à souffrir que le nombre de ses juges soit multiplié sur tous les points.

Il existe dans le caractère des véritables gens de lettres un mélange de qualités contradictoires qui expliquent leur influence. Timides dans les rapports de la vie, ils n'inquiètent nul amour-propre ; modestes, ils livrent leur gloire plutôt qu'ils ne la font sentir ; intrépides, ils défendent sans cesse la dignité de l'homme, les droits du pouvoir ou la cause de l'innocence ; dédaigneux de l'or, quand il ne fait qu'enrichir, et du commandement s'il n'assure pas le bonheur général, les gens de lettres ont trop long-temps concédé tout aux ambitieux et aux politiques pour que ceux-ci aient pu les estimer comme de simples rivaux. Cependant les gens de lettres, ainsi tenus à l'écart, ont perfectionné et multiplié si à-propos leurs ouvrages que leur influence s'est accrue sans cesse. Le jour de leur empire est arrivé, et grâce à l'opinion publique que leur génie avait créée, il ont enfin vu se traîner derrière eux ceux même qui menaient les affaires.

Il fut un temps où il fallait se placer au milieu des masses pour les entraîner. Désormais on peut vivre seul, car pourvu qu'on sache penser, on fait bientôt son auditoire du monde entier.

L'imagination, qui est si utile aux

gens de lettres pour féconder leurs œuvres, se tourne aussi contre eux, et devient leur plus terrible fléau. Se créant un idéal sans bornes, ils font tout sans mesure. Aussi, après avoir parcouru l'infini, ils se dégradent souvent, faute de prévoyance, pour satifaire au plus léger besoin.

Dans cette fièvre de succès qui tourmente les gens de lettres, se trouve le secret de leur vie. Pour être bien ici-bas, il faut s'attacher au présent; alors on en tire tout le parti possible. Ne songe-t-on au contraire qu'à l'avenir, on repousse tout le reste. D'un autre côté, les gens de lettres ne peuvent qu'entrevoir l'esprit caractéristique de ceux qui, plus tard, prononceront sur leur gloire; et comme celle-ci est la suprême jouissance, qu'on ne s'étonne pas si, pour eux, tout rival est hostile ou redoutable.

A mon avis, gardons-nous de défendre la société aux gens de lettres, seulement qu'ils goûtent ses plaisirs sans s'y arrêter trop long-temps. Au reste, sur ce point l'expérience s'est prononcée. En effet, si nos livres manquent quelquefois d'originalité et d'étendue, en retour, sous le rapport de l'exécution ils sont les plus parfaits de tous, parce qu'avant d'écrire on apprend parmi nous à causer. Voilà comment de la société le tact et le goût sont passés en France dans les livres.

Les gens de lettres qui écrivent dans les journaux répandent chaque matin une masse d'idées fort utiles ; sous ce rapport, il faut les louer. Mais d'autre part, se mêlant au gain journalier d'une entreprise commerciale, ils contractent les vices des affaires et en supportent les inconvéniens. Aussi, meurent-ils sans laisser de nom, puisqu'ils ne comptent que comme exploitant un négoce de plus, celui de la pensée humaine. Enfin, les gens de lettres, dévoués tout entiers aux journaux, perdent en gloire tout ce qu'ils touchent en jouissances.

La multiplicité des théâtres a porté le coup le plus funeste à la moralité de quelques gens de lettres. En effet, pour mieux réussir dans les coulisses, ils en ont adopté les mœurs. Par suite, ils ont glissé dans les rapports de leur vie, la haine, la duplicité, le mensonge et les basses manœuvres. Enfin, ils ont apporté parmi les autres gens de lettres tous les vices qu'ils auraient dû sacrifier sur la scène.

C'est à Paris que la gloire littéraire coûte le plus et se sent le moins. D'abord, à part certaines circonstances favorables, il faut de longues années, ne fût-ce que pour se faire connaître. Ensuite, chaque maison de la capitale est si peuplée, que le génie, celui même déjà célèbre, vit inconnu de la multitude encombrée autour de lui. En province, au contraire, l'homme de lettre, au plns léger succès, suscite bruit et rumeur. Mais avec le temps, les œuvres du premier qui font le tour du globe, rendent son nom universel, tandis que la renommée du second disparaît de jour en jour, plus resserrée dans les limites de sa petite localité.

On rencontre dans le monde des *politiques*, qui ne causent avec les gens de lettres, qu'afin d'emprunter à l'abondance de leur esprit des idées qu'ils font ensuite valoir par la forme en vogue dans le moment. Ces mêmes politiques arrivent-ils à la tête des affaires, appellent quelques gens de lettres autour d'eux, et, rayonnant de leur éclat, deviennent aussitôt populaires ; mais ils se lassent vite de ces nouveaux associés qui veulent les contraindre à dire vrai et à faire bien. Pour les écarter, ils les condamnent à de vulgaires détails : les gens de lettres, habitués jusque-là à tout généraliser, tombent dans de fréquentes distractions. Aussitôt on crie qu'ils sont au-dessous de pareils travaux ; et à force de les admirer, on les congédie des emplois. Règle générale : les gens de lettres ne sont propres qu'à l'ensemble des affaires. Depuis la révolution on les a donc vus devenir quelquefois habiles ministres ou grands administrateurs ; mais c'est qu'ils avaient sauté les rangs intermédiaires, autrement ils se seraient éteints en route.

Si quelques gens de lettres pouvaient avoir autant de raison dans les affaires que de génie dans les productions qu'ils offrent au public, ils dirigeraient tout à la fois les intérêts et les pensées de la société : mais ne réussissant qu'à éclairer dans de graves circonstances, le pouvoir les serre loin du tumulte, comme les châsses auxquelles on ne touche que dans les crises.

Les princes ont long-temps regardé les gens de lettres comme une dépense de bon goût : aujourd'hui ils les considèrent comme des ennemis qui embarrassent ou des alliés qui coûtent. Mais que les princes se rassurent ; si les gens de lettres ont de grandes pensées, ils ont aussi de petites passions : les unes neutralisent souvent les autres.

Il a été une époque où les gens de lettres ne devaient que la publicité de leurs œuvres ; on n'avait rien de plus à leur demander. Aujourd'hui tout est changé : se proclamant eux-mêmes juges de l'opinion publique, ils lui doivent sans cesse des gages. On a donc droit de rapprocher chaque jour leurs actions de leurs ouvrages. Enfin, comme garantie complète, ils appartiennent au public jusque dans les mystères de la vie privée.

L'Europe est le centre de la civilisation la plus parfaite qui ait jamais existé parmi les hommes : vérité triviale, puisque chaque matin elle est imprimée dans nos journaux. Maintenant, à partir de quel siècle ont paru pour la première fois les gens de lettres, et quelle influence ont-ils exercée sur la civilisation dont jouit l'Europe? Voilà qui mérite attention. Dans l'antiquité, où il fallait entraîner les masses, il importait plus d'émouvoir que de faire penser. Les orateurs dominaient sur la place publique; tandis que les philosophes, admis à la table des princes, les initiaient à la nouveauté de leurs systèmes ou de leurs maximes, qu'ils vendaient ensuite aux riches. De leur côté, les sophistes colportaient de ville en ville la subtilité de leurs arguties. Enfin, en présence des peuples réunis, on couronnait les heureuses inspirations du poète ou de l'historien, comme la vigueur de l'athlète. En définitive, l'influence véritable, l'influence politique appartenait tout entière aux orateurs. Au moyen âge s'élèvent, d'une part, les hommes armés qui jouissent de tous les avantages de la force, et de l'autre les prêtres, qui possèdent toutes les ressources alors agissantes de l'esprit : ces derniers commandent. L'imprimerie est découverte ; elle répand d'abord les livres saints, source en Europe de la foi générale, et multiplie ensuite les chefs-d'œuvre de l'antiquité. Mais ceux-ci ne sont arrachés aux ténèbres que mutilés, et certains hommes, grâce au travail le plus opiniâtre, les créent comme de nouveau. Afin de mieux accomplir pareille tâche, ils vivent en dehors des affaires. Aussi les gens de lettres naissant pour la première fois, forment une classe à part. Sur ces entrefaites, les chefs-d'œuvre de l'antiquité devenus populaires impriment une telle activité à l'esprit que tout est soumis à un minutieux examen. L'homme, en attendant solution, est tourmenté par le doute qui s'attache bientôt à ce qu'il y a de plus vigoureux : les doctrines religieuses. Mais tel était leur empire que pour les attaquer avec succès, il fallait une circonstance favorable; elle se présenta. Néanmoins avant le jour du triomphe définitif, d'horribles combats s'engagèrent. Enfin, dans une partie de l'Europe, l'homme resta juge suprême de sa foi. Tant que la lutte dura, les gens de lettres demeurèrent confondus dans la foule qui écrivait ou combattait pour chaque parti. Mais le calme revenu, ils étonnèrent par la multitude des chefs-d'œuvre qu'ils produisirent. Cependant quelques-uns d'entr'eux firent pénétrer dans les masses le besoin de discuter l'essence du pouvoir, afin, en restreignant les droits qu'il exerçait, d'augmenter la liberté générale. Une tentative aussi hardie fut couronnée du succès, et l'espace où s'étaient tenus quelques temps les gens de lettres, devint bientôt immense. Au lieu donc de primer comme jadis dans un genre, ils sont tenus aujourd'hui, pour être lus, de déposer dans leurs œuvres une sorte d'universalité.

Dans la société, ne prétendez pas retrouver les gens de lettres avec leur puissance ordinaire. Là, abattus sous le poids des vulgaires discours et des petites allusions qui usurpent l'attention générale, les plus habiles d'entr'eux ne se sauvent qu'en paraissant écouter. La réputation dont ils jouissent amnistie leur silence.

Rien de plus utile que le mouvement qui depuis plusieurs siècles est imprimé par les gens de lettres; mais, d'un autre côté, il y a parmi eux, comme dans les armées, certains individus avec lesquels on évite de frayer, quoiqu'ils contribuent au gain de la victoire. En leur rendant justice pour les avantages qu'ils valent, on se défend de leurs habitudes; on consent à être leurs obligés, mais jamais leurs compagnons.

Pour être exact, il faut compter une haute et basse littérature : autant les œuvres de l'une élèvent, autant les œuvres de l'autre dégradent. C'est une lutte perpétuelle qui se dispute l'intelligence humaine. A ne la considérer que relativement à tous les siècles, il ne faut pas trop s'en plaindre, puisque c'est en réparant les sottises de la basse littérature que la haute double ses forces.

Au milieu du siècle dernier, les gens de lettres ont primé dans les salons qui gouvernaient les ministres, lesquels décidaient de tout. A l'époque de la révolution, les gens de lettres ont parlé dans les assemblées politiques et les clubs, quelquefois sur la place publique. Aujourd'hui que la légitimité * a rétabli l'ordre parmi nous, les gens de lettres ont reçu une tribune à part : les journaux. Aussi, comme depuis un demi-siècle, tout ce qui sait comprendre ou entreprendre les écoute!

On s'étonne de voir quelques gens de lettres traverser la vie sans exercer de l'influence comme citoyens, tandis que leurs ouvrages remuent le monde entier; c'est que ces hommes valent plus par leur esprit que par leur caractère : leur grandeur est dans ce qu'ils écrivent et non dans ce qu'ils font.

Depuis la restauration, les gens de

* 4e édition, tome 3e, 1826.

lettres possèdent des alliés qui plus tard leur seront d'un grand secours. D'abord, le gouvernement représentatif parmi nous ne donne accès aux affaires que moyennent certaines conditions de fortune; ensuite, elles ne suffiseut pas seules ; pour aller un peu plus loin, il faut de toute nécessité savoir écrire et parler, afin de saisir l'opinion publique. D'un autre côté, on arrive si tard dans nos assemblées délibérantes, qu'en attendant l'âge de leur admission, les *jeunes hommes* remarquables du siècle, étudiant les lois et l'administration, composent encore des livres et écrivent dans les journaux, Il en résulte qu'ils se lient avec les gens de lettres, partagent leurs inclinations et contractent leurs habitudes. J'ose prédire que parmi ces jeunes hommes, *plusieurs* gagneront tôt ou tard à la tribune la direction de la société. Alors ils appelleront autour d'eux les gens de lettres ; et à de mesquines mesures d'administration succéderont ces grandes vues d'ensemble qui régénèrent tout ce qu'elles embrassent.

Les gens de lettres n'ont jamais été plus nombreux et les bons livres plus rares que de nos jours. L'impatience publique commande, il faut paraître à son heure. D'un autre côté, tant d'intérêts nouveaux passionnent la société, que pour la tenir au courant, la presse multiplie sa rapidité. Enveloppés dans cette foule immense qui publie chaque matin livres, journaux et brochures, les gens de lettres, pour ne posséder même qu'un instant l'attention publique, sont condamnés à trop produire : chez eux la fécondité tue le génie.

Les sentimens primitifs, ceux qui remuent jusqu'au fond du cœur, ont été exploités sous des formes si dramatiques; le style, de son côté, a tant fourni de tours et d'expressions, qu'un instant parmi nous il y a eu langueur et uniformité. Alors, quelques gens de lettres, voyageurs attentifs, ont été étudier chez diverses nations la société dans tous ses âges. Inépuisables, parce qu'ils ont possédé une foule d'aperçus nouveaux; éloquens, parce qu'ils ont reproduit des sensations neuves; piquans, parce qu'ils ont abondé en contrastes; leurs livres, empreints d'une véritable originalité, ont agrandi la gloire de notre littérature d'une ère de plus.

Sans doute tous les gens de lettres ne peuvent voyager, c'est un malheur que je reconnais. Eh bien! qu'un travail opiniâtre, qu'une lecture immense, leur apportent ce qu'ils ne peuvent aller chercher. Qu'ils considèrent avec soin le mouvement qui entraîne le monde; qu'ils se replient sur eux-mêmes, et ils découvriront des nuances encore précieuses, surtout si la fortune les a jetés quelquefois dans des positions extrêmes. Pourquoi se le cacher? une froide correction, une pâle élégance, ne comptent désormais que comme qualités de la plus vulgaire éducation. A certaine époque, un quatrain spirituel, quelques pages d'une prose claire et facile, peuvent rester dans la mémoire; alors, c'est justice. Maintenant la renommée littéraire pour durer doit être l'œuvre d'une vie que se disputent sans cesse l'étude, la sensation, la lecture et la réflexion.

Pendant longues années, les gens de lettres tombés dans les affaires ont attaché leur amour-propre à tout. Semblables à ces vieux diplomates, qui disputaient tant sur le cérémonial que le temps leur manquait pour le reste.

Les plus redoutables ennemis des gens de lettres sont les gens de lettres. Les uns, isolés dans l'admiration qu'ils se vouent, repoussent par un dédain sans bornes quiconque ose écrire, parce qu'il pense. Les autres, inquiets sur leurs profits, s'attroupent pour fermer l'entrée de la carrière à celui qui s'avance seul, parce qu'il a la conscience de ce qu'il peut. Certains, possesseurs dans les journaux de l'éloge comme du blâme, les distribuent suivant le retour qu'ils en attendent. D'autres, atteints d'une incurable légèreté, se défendent tout haut de jamais lire les œuvres qu'ils exaltent ou rabaissent. Quelques-uns, séides d'opinion, s'embrigadent pour exterminer plus sûrement tous ceux qui doutent de ce qu'ils affirment. Long-temps désorienté par des louanges ou des outrages que rien ne justifiait devant sa raison, le public désormais vit indifférent aux livres nouveaux*. Au lieu de littérature, nous n'avons plus que des journaux, parce qu'on ne peut renoncer à la connaissance de ses intérêts quotidiens.

Les gens de lettres ne sont bien à l'aise qu'avec les femmes, qui conçoivent tous leurs tourmens sans se trouver d'ailleurs en rivalité avec eux. Alors elles leur concèdent tout ce que sur un autre point elles exigent pour elles-mêmes.

Le dénigrement et l'indifférence caractérisent si bien parmi nous le public, même celui qui est éclairé, que les hom-

* Surtout s'ils ne sont que de pur agrément. — 1826.

mes de génie en France, après avoir donné de nombreux chefs-d'œuvre, meurent inconnus dans les circonstances principales de leur vie. Abstraction faite d'un engouement passager, nous n'avons loué en général, avec effusion que la médiocrité persévérante. Nos torts à cet égard remontent déjà si haut, que d'hier seulement nous savons où est né Molière, et pourquoi ses derniers restes sont perdus sans retour.

Les femmes se hasardent-elles à écrire, c'est que déjà une première lueur de civilisation paraît. En effet, jusque-là elles ont tant de devoirs qui les poursuivent et de douleurs qui les désolent, qu'à peine leur vie peut y suffire. Mais l'esprit de société commence à se faire place : les hommes cherchent à plaire au lieu de commander. Le rôle des femmes change; pour soumettre entièrement leurs anciens maîtres, elles les étudient avec soin; de plus, elles ont à se défendre de leurs séductions; c'est beaucoup à la fois. Dans une pareille position, elles sentent et réfléchissent jour et nuit. Alors quelques-unes d'elles écrivent pour se sauver; leurs livres ne sont que des épanchemens forcés. Aussi par des romans d'amour commence en général le début littéraire des femmes.

Aux jours de la chevalerie, les femmes exerçaient un empire étendu; pour les défendre on mourait les armes à la main: jamais elles ne furent plus tendrement aimées. Depuis, les femmes, en participant aux lumières générales, ont plus ou moins dirigé les affaires. Néanmoins on n'en cite aucune qui, cultivant les lettres avec succès, ait dominé un souverain. Serait-ce que les qualités de l'esprit, qui entraînent les masses, nuiraient dans le rang suprême à celles qui doivent attacher exclusivement un seul ?

En littérature, comme en tout, ce qui est arrivé le plus tard aux femmes, c'est une haute raison. Près d'un siècle et demi s'est écoulé parmi nous avant qu'une femme ait possédé l'étendue et la virilité du génie masculin. Encore cette même femme *

* L'illustre madame de Staël.

a-t-elle si souvent cédé à ses affections, que chez elle le cœur a vaincu tout le reste.

On cite dans la vie privée de quelques gens de lettres certaines alliances qui paraissent bizarres, et les beaux esprits de salon en profitent pour livrer le génie à la dérision et au mépris. Mais ils ne font pas attention que la misère, la pauvreté et le dédain au début de la carrière, assiégent en général les gens de lettres. C'est alors qu'ils ont besoin d'amis : eh bien ! pourquoi leur reprocher de les prendre dans les rangs où ils vivent eux-mêmes; et, si plus tard ils réussissent, de quel droit leur imposer l'ingratitude. On le sait, la naissance n'accompagne pas toujours le génie, et du côté des premières habitudes se rencontre souvent le bonheur. Enfin, à cause même de leur esprit, les gens de lettres sont faibles par le cœur; là, il n'est donc pas difficile de les surprendre.

C'est à tort que désormais les gens de lettres croiraient arriver à la gloire en flattant les passions populaires; tout au plus recueilleraient-ils ces applaudissemens qui passent sans revenir, ou ces succès qui enrichissent sans honorer. Jadis les gens de lettres se bornaient à recréer l'esprit ou à toucher le cœur. Mais eux-mêmes agrandirent la carrière où s'exerçait leur génie. Sur ces entrefaites éclata la révolution française : où le pouvoir avait seul décidé jusque-là, chaque citoyen s'appuyant sur sa raison, vint discuter tout haut avec lui. Pour le malheur de la France, au moment où la raison de tous fut immiscée aux affaires, elle sortait à peine de l'enfance *; aussi, tantôt elle effraya de ses excès, et tantôt fit sourire de ses folies; mais enfin les droits de cette même raison, éclairée désormais par ses fautes, furent définitivement reconnus, et les peuples continuèrent à examiner et à discuter les actes du pouvoir **. Sans chefs, ils ne pouvaient se guider; les gens de lettres devinrent donc les magistrats suprêmes de

* Je ne parle que relativement aux affaires.

* Liberté de la presse : Charte.

la pensée publique. Placés aussi haut, de nouvelles obligations leur furent imposées : je ne les retracerai pas ; j'aime mieux laisser parler l'exemple. Eh bien ! un homme a vécu de nos jours, qui a toujours trouvé les plus sublimes inspirations dans l'accomplissement des plus difficiles devoirs. D'abord il défendit la royauté les armes à la main, et fut blessé pour elle *. Plus tard, il rentra nu et dépouillé sur la terre qui l'avait vu naître, et se livra tout entier aux lettres, non pour leur demander des richesses et des faveurs ; il en attendait plus. A cette époque, souvenirs des ancêtres, affections du cœur, rapports de Dieu à l'homme,

* Siége de Thionville.

tout était effacé parmi nous. Sur des ruines anciennes s'amoncelaient à chaque instant des ruines nouvelles, et, au milieu de tant de débris, s'avançait une population morne et découragée. Cet homme devina d'où la force devait lui revenir : méprisant périls, attaques et railleries, il releva par son seul génie la foi pendant long-temps proscrite ou abandonnée, et la rendit si noble et si majestueuse, que tous ceux qui ne purent croire admirèrent. Rattacher ainsi la France à ses vieilles traditions, c'était lui préparer son salut. En vain, à cette époque, s'élevait un autre homme, futur dominateur de l'Europe. Possédant toutes les qualités qui donnent le succès, il pouvait enchaîner le présent, mais jamais l'avenir. Tantôt, au poids de l'or, il achetait jusqu'au dévoûment du crime; tantôt il nourrissait le peuple d'une vaine ambition, pour le précipiter plus sûrement à la mort; enfin il portait partout cet ignoble despotisme, qui ne voit dans chaque citoyen qu'une victime ou un bourreau. Cependant il avait l'instinct de la grandeur; sachant flatter et deviner toute supériorité, même celle qui se cachait loin de lui. Il voulut donc que l'homme de lettres le représentât auprès d'un peuple, son allié, afin de se parer d'un tel choix. Mais bientôt il cède à son origine et se baigne dans un sang royal *. L'homme de lettres ose rompre avec lui,

* Assassinat du duc d'Enghien.

tandis que les rois, le cœur déchiré, inclinent leur sceptre en signe d'approbation. A ces tristes jours, c'était beaucoup que de blâmer par sa retraite ou de condamner par son silence. L'homme de lettres fit plus, il tourna tous les cœurs vers une terre étrangère qui couvrait les dépouilles de deux filles de France. Cette révélation de la fidélité était un attentat à punir; le despote rugit, mais il se laissa gagner à la gloire, rivale de la sienne; et comme pour s'en approcher, il la condamna aux honneurs littéraires. Le jour de la solennité ne se leva pas, reculant toujours devant un éloge régicide. Enfin, le triomphateur de tant de journées connut les revers; mais dépouillé de sa capitale, il suffisait d'une de ses vieilles illuminations pour qu'il rentrât victorieux dans sa toute-puissance. Le canon grondait encore, et, dans les murs de Lutèce, l'Europe armée campait, tremblante, devant un dernier réveil. Alors la voix de l'homme de lettres se fit entendre. A défaut d'armées, elle rallia les peuples; à ses accens trente années sortirent de la mémoire contemporaine, et la plus illustre des monarchies vint remonter à sa place. Une nouvelle tempête éclate; mais le soldat aventurier vit ses quinze années de victoires s'engloutir dans une dernière défaite. On pouvait croire que l'homme de lettres allait jouir de toutes les splendeurs que méritaient ses vieux services. Il n'en fut pas ainsi; d'autres conseils prévalurent. Rentrant dans la lice, il intervint entre la royauté et la liberté compromises à la fois, et leur enseigna à toutes deux leurs droits et leurs devoirs *. Ainsi le même homme a embrassé dans son ensemble toute la civilisation moderne : la religion, la royauté et la liberté. Mais de nouvelles catastrophes ** attendaient son courage et seul il risque des combats pleins de gloire et de dévoûment à un âge où les autres ne trouvent pas même assez d'heures pour se reposer.

* Monarchie selon la Charte.

** Révolution de juillet.

FIN DU TOME TROISIÈME ET DERNIER.

TABLE

DES MATIÈRES.

Du Gout.	Page 1
De l'Amitié.	23
De la Liberté.	45
De la Coquetterie.	73
De la Civilisation.	95
De la Justice.	143
De l'Orgueil.	179
De la Mort.	189
Du Caractère.	199
De l'Homme.	217

TABLE DES MATIÈRES.

De l'Honneur. Page 283
Des Partis. 311
Des Gens de lettres. 323

FIN DE LA TABLE DES MATIÈRES.

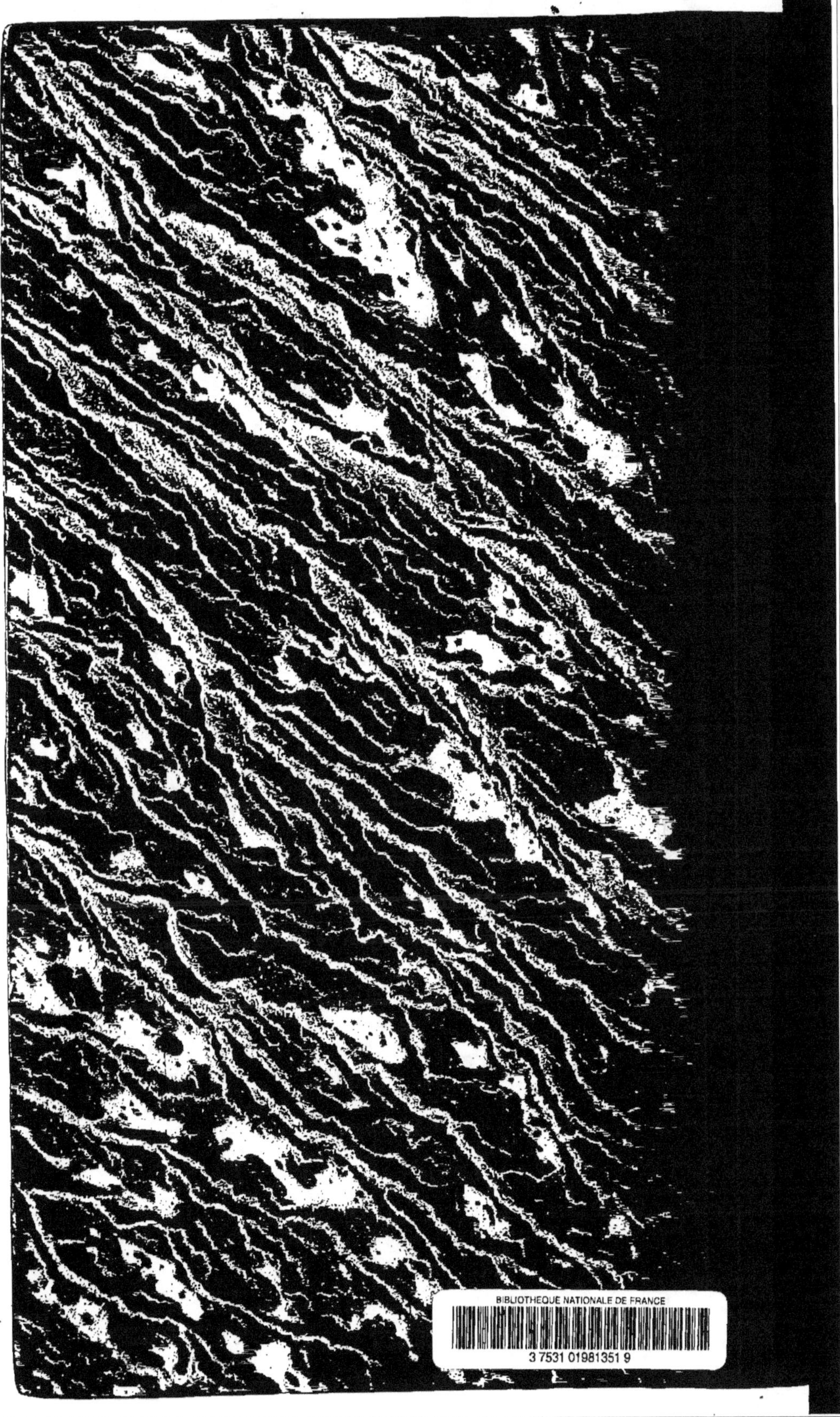